CE QU'IL FAUT D'AIR POUR VOLER

DU MÊME AUTEUR

Attendre, Flammarion, 2010

Les Petites Mères, Flammarion, 2012

Diane dans le miroir, Mercure de France, 2015

www.lepassage-editions.fr

SANDRINE ROUDEIX

CE QU'IL FAUT D'AIR POUR VOLER

roman

LE PASSAGE

À Malo

Je feins l'adulte, mais, secrètement,
je guette toujours le scarabée d'or,
et j'attends qu'un oiseau se pose sur mon épaule,
pour me parler d'une voix humaine
et me révéler enfin le pourquoi et le comment.

Romain Gary, *La Promesse de l'aube*

I

Je n'ai pas compris tout de suite. Lorsque je suis entrée dans ta chambre après que la porte a claqué, frôlant ton placard troué de fléchettes et ta lampe étoilée d'un besoin enfui de lumière, je n'ai pas entendu le silence. Les silences changent toujours la couleur des murs. Je me suis précipitée à ta fenêtre en enjambant un tas de vêtements sales, ai remonté le store rouge, ouvert le battant veiné de blanc, failli renverser la tasse que tu avais laissée en équilibre sur le toit, marc de café cendres froides, et me suis penchée au-dessus du garde-corps pour regarder la rue six étages plus bas. Elle était noire comme un cauchemar, quadrillée de néons de bars et de rires qui voletaient jusqu'à moi. Que s'était-il passé ? J'ai scruté les ombres qui ondulaient de chaque côté du trottoir pour tenter de t'apercevoir, mais je n'ai rien vu. Rien reconnu à part des cris décomplexés, des chocs de verres, le sang qui me frappait bam bam aux oreilles. Et cette petite voix qui me répétait pourquoi.

Pourtant, on avait ri pendant ces deux semaines de vacances. Un peu. Beaucoup. Nagé plongé chanté joué aux raquettes sur le sable et au billard dans les bistrots.

Avec quelques accrocs réglementaires lorsque je te demandais de ranger ta chambre, faire la vaisselle un repas sur deux merci, et rentrer de boîte avant le jour mais pourquoi les adolescents ont-ils toujours besoin de s'inventer à l'envers du monde ? Mais tu avais dix-sept ans et cinq mois et je savais que le temps était compté. C'étaient nos derniers moments avant que tu quittes la maison. Comme du chewing-gum, j'avais voulu nous fabriquer des souvenirs à mâcher et remâcher. Parer aux futures séances de psy ma mère est un monstre. J'avais tout organisé. Embarqué ton copain Victor. Choisi une station balnéaire en mouvement, pieuvre sonore. Sans regarder à l'effort à l'énergie au dérangement. Sans compter dix cent mille. Je t'aimais et j'avais voulu te le prouver.

Mais au retour on avait atterri à l'aéroport à minuit passé, une heure de retard et les bagages qui se faisaient attendre, et devant le tapis vide qui ne charriait que notre fatigue, tu m'avais annoncé que tu ne rentrerais pas et que tu irais dormir chez Victor. À cette heure ? Je t'avais rappelé que tu avais ton train le lendemain et qu'il fallait que tu réfléchisses à ce que tu emporterais. Prépares tes affaires. Ranges ta chambre. Archives toutes ces années grandies là. Mais tu n'avais rien voulu entendre. Incliné vers moi avec ta dizaine de centimètres en plus qui ne cessaient de nous éloigner, tu m'avais expliqué que tu allais bientôt avoir dix-huit ans et que tu n'avais plus de comptes à me rendre. Tu irais dormir chez Victor que ça me plaise ou non. J'avais argumenté. Après les vacances qu'on venait de passer, après que j'avais accédé à toutes tes demandes encore et encore s'il te plaît maman, tu ne voulais pas qu'on prenne le temps de se dire au revoir ? J'avais crié dans l'aéroport. J'avais hurlé sur le parking. J'avais perdu pied dans le taxi. Comment pouvais-tu te regarder en face en te conduisant ainsi, exigeant tout, ne respectant rien ? Le chauffeur s'était recroquevillé dans son rétroviseur, tandis que je fixais les gouttes de pluie chaudes qui nous accueillaient derrière la vitre, petites larmes de dépit. J'étais blessée. J'étais furieuse. J'étais déçue. J'étais près de toi pour la dernière fois avant longtemps. Toi, tu n'étais déjà plus là.

Le taxi nous avait déposés au bas de notre immeuble. Tandis que Victor s'éclipsait, tu avais attrapé notre valise. Léger, tu avais grimpé trois par trois les marches des escaliers, six étages sans ascenseur, et tu avais ouvert la porte avec ta clef. Tu avais abandonné nos vêtements à l'entrée et galopé au bout du couloir sans allumer, tandis que je me traînais, accrochée à la rampe en bois comme à un dernier espoir de te garder. Tu avais cogné un tiroir une commode une chaise un bureau. Tu avais trafiqué un moment dans ta chambre d'adolescent, énumérant à voix haute ce que tu ne devais pas oublier et ci et ça, et après quelques minutes, tu m'avais retrouvée au milieu du salon toujours éteint. Salut maman. Le regard jeté vers la valise éventrée, à peine éclairée par le rayon de lune, je n'avais rien répondu. La gorge nouée, j'avais juste essayé de rester digne. Ne pas pleurer. Tu avais eu un haussement d'épaules, même pas une hésitation, puis tu avais attrapé ton sac à dos, enfoncé ta casquette sur ton front, rabattu la capuche de ton pull sur la visière, et marché droit vers la porte. Poignée qui s'abaisse. Poignée qui se relève. Poids lourd qui dégringole. Bruit sourd de pierres.

Debout dans le salon, j'étais restée longtemps immobile à écouter l'écho de tes pas qui résonnaient dans l'immeuble comme une mauvaise blague. Je n'arrivais pas à croire que tu ne remonterais pas, que je ne ferais plus la pluie et le beau temps sur ton visage, que tu ne vivrais plus ici. La pièce était plongée dans un noir épais et poisseux et je guettais ton retour. Ta place comme avant. Ta place près de moi. Puis j'ai vu notre valise dégueulant de sable et de souvenirs et je n'ai pas supporté. Je me suis ruée à la fenêtre de ta chambre pour t'apercevoir une dernière fois. Tes épaules de sportif. Tes cheveux blonds désordonnés. Ta silhouette gonflée de certitudes. Mais tu avais déjà disparu.

Deux heures du matin, un soir d'été. Je suis une mère abandonnée.

2

Le thé n'a aucun goût. Assise dans la cuisine, les yeux tournés vers le dehors qui se lève, je m'efforce d'avaler le liquide brûlant sans faillir. La morsure amère me saisit et c'est comme une punition. Ne pas aller me recoucher. Trouver un sens à tout ça. Devant moi, un sachet de brioches au chocolat que je ne mangerai pas. Dans le réfrigérateur, du ketchup, des compotes à boire, une pizza lardons fromage chorizo, deux pavés de steak, des canettes de coca. La porte se referme sur les aimants que tu découvrais avec des oh et des ah ravis dans les paquets de cordons bleu lorsque tu étais petit. On avait presque réussi à redessiner la carte de France.

J'abandonne ma tasse et fais lentement le tour de l'appartement. Partout, des traces de ma vie avec toi. Tes DVD de *Twilight* près de la télévision. Ta collection de mangas dans les toilettes. Ta brosse à dents dans le gobelet de la salle de bains. Des poils de barbe dans le lavabo, un rasoir en équilibre. L'appartement est exactement le même que celui où on a vécu tous les deux depuis que j'ai quitté ton père il y a quinze ans mais je ne le reconnais pas. Il est sept heures du matin et tu devrais dormir dans ta chambre. Pourtant, je ne t'entends pas qui te tourne et te retourne dans ton lit, grappillant des minutes de sommeil à la lumière qui filtre entre tes stores trop étroits mais pourquoi ne les ai-je pas changés ? Tu ne t'es pas levé, somnambule à la vessie ballon, faisant gémir les lattes du couloir sous ton poids encore englué de rêves. Tu n'as pas grogné en longeant mon bureau en réponse à mon salut clic clic j'écris on se parle tout à l'heure. Tu n'es pas allé te servir un bol de céréales pour l'emporter dans ta chambre, louveteau dans sa tanière. Dehors, les cris des passants animent un quartier que tu n'habites plus. Pourquoi es-tu parti si brusquement ? Est-ce que si j'avais eu d'autres mots d'autres sabots, tu serais resté encore un peu ? Tout est passé si vite.

Je reviens en arrière et me fige dans l'entrée. Devant moi, une collection de photos nous raconte heureux ensemble pendant toutes ces années, puzzle irréfutable. Mais comment la gamine de vingt-trois ans qui pose avec ton père sur sa photo de mariage peut-elle se réveiller ce matin dans la peau d'une femme de quarante-trois ans, sans homme et sans enfant ? Suis-je toujours la même que celle qui t'a donné naissance ? Y a-t-il en moi un noyau inaltérable, petite pile d'os sur laquelle m'appuyer pour continuer mon chemin, ou n'ai-je été sculptée que par le souffle de nos respirations mêlées et tout est à recommencer ? Comment me suis-je débrouillée pour être la mère d'un nouveau-né, d'un enfant, d'un adolescent ? Me suis-je transformée dans le galop de tes pas ? Qui étais-je lorsque j'ai rencontré ton père ? Qui suis-je devenue lorsque tu vivais avec moi ? Et qui vais-je être maintenant que tu n'es plus là ?

3

Dans certaines cultures, on ne peut pas avoir d'enfant si on n'est pas mariée. Ma mère m'a eue hors mariage. Ma grand-mère a eu ma mère hors mariage. Mon arrière-grand-mère a eu ma grand-mère pendant son mariage, juste avant que son mari parte s'acheter des clopes un matin sans se retourner. Une petite voix éraillée par trois générations de filles-mères m'a très tôt chuchoté supplié hurlé de me marier. Même si je n'avais pas envie d'enfanter tout de suite. Non. Moi, ce que je voulais, c'était me trouver un homme qui reste. M'arrachant au cercle des femmes sans mâle, fuyant le chemin accidenté des marcheuses de travers, je voulais avancer accompagnée.

Je connais ton père depuis cinq ans lorsqu'on se marie cet été-là près de Nantes d'où il est originaire. On a fait nos études dans la même école de commerce de province et débarqué ensemble à Paris pour devenir des gens qui réussissent en tailleur costume chemises blanches. Lui dans la gestion. Moi dans le marketing. À quoi est-ce que je rêve tandis que le photographe me scrute dans ma robe en soie sauvage entourée d'une ronde d'enfants d'honneur ce jour de juillet 1998 ? Pas à en avoir, c'est certain. Je suis née en septembre 1974 et j'ai vingt-trois ans. Le photographe m'a demandé de m'asseoir sur l'herbe dans le parc du château pendant que les invités avalent des petits-fours sophistiqués en veux-tu en voilà à quelques mètres de nous et je l'observe finaliser ses réglages. Ton père se tient près de lui. Les épaules solides nichées dans un smoking anthracite. La tête inclinée surmontée d'un haut-de-forme assorti. Il va me rejoindre près du massif d'hortensias dans quelques secondes. Je sens son regard fier et possessif tandis que je goûte le moment en fermant les paupières. Moi aussi, je suis fière de lui. Je le trouve beau, mon homme. J'aime ses yeux vert métallique, son visage rond, ses mâchoires volontaires, son corps bien dessiné. Je le trouve séduisant et fiable. Carton plein. J'ai l'impression d'avoir épousé un chevalier.

La cérémonie religieuse m'a émue une heure plus tôt. Par les pouvoirs qui me sont consacrés, je vous déclare mari et femme. C'était doux et chaud comme une berceuse. J'ai toujours aimé les rituels. Toujours aimé les promesses d'amour. Même si le prêtre nous a décodé l'envers de notre oui pendant la préparation. Oui, nous souhaitons nous aimer toute la vie à cet instant. Sans savoir si nous y parviendrons. Parole sensée qui nous engage dans nos efforts. Pas dans nos résultats. Ton arrière-grand-père maternel, dont j'ai appris à l'adolescence qu'il n'était pas le vrai père de ta grand-mère, m'a emmenée à l'autel dans le costume qu'il s'est fait tailler sur mesure à un prix déraisonnable pour le marchand de légumes qu'il est. Sa femme, ton arrière-grand-mère, si coquette et si fantasque, porte une sorte de toge en velours anis tissée de fils dorés comme sortie d'une pièce de théâtre antique. Ma mère, ta grand-mère, a mis un chapeau pour la première fois de sa vie. Je pense à ton arrière-arrière-grand-mère, femme de ménage espagnole décédée deux ans auparavant, qui m'a élevée pendant que tes aïeules travaillaient. Je me demande si son âme dansait au-dessus de nos têtes pendant que l'*Ave Maria* de Gounod résonnait *a cappella* dans la nef tout à l'heure. Je n'ai pas conscience que ces trois femmes marchent dans mes pas ce jour-là, leurs espoirs accrochés à mon voile comme de petites mains soulagées, mais je perçois vaguement un enjeu. Je dois réussir ce qu'elles ont raté. Je dois réussir à être heureuse avec un homme et à élever un enfant avec lui. Vais-je y arriver ?

Dans la cour empierrée du château du XVIIe siècle, des voix se rassurent près du buffet. Qu'est-ce qu'ils vont bien ensemble. Si un couple doit durer, c'est bien eux. On sent qu'ils s'aiment profondément, ils sont si beaux. Tu vas rire, mais je m'inquiète un instant de savoir de qui ils parlent. Je me retourne même pour jeter un œil derrière moi. Puis je me souviens. Ils parlent de moi. Mon mariage, une chance infinie.

Derrière ta grand-mère et ton arrière-grand-mère maternelles qui me veillent ce jour-là, les autres membres de ma famille méditerranéenne, venus décoiffés dépenaillés du Sud-Ouest en voiture camion camping-car, me sourient en serrant maladroitement leur coupe de champagne entre leurs mains. Ravis mais impressionnés. Qu'est-ce que tes oncles tantes cousins pensent de cette journée dessinée dans les règles d'un art bourgeois dont ils ignorent tout et se fichent pas mal ? De loin, ta grand-mère maternelle, accompagnée par son mari devenu ton grand-père, me scrute avec un je-ne-sais-quoi dans la pupille. Que voit-elle ? Ta grand-mère paternelle, assortie aux fleurs et aux demoiselles d'honneur, dispense ici et là des mots joyeux de commandant qui a mené à bien sa mission, éclatant parfois du rire décomplexé de ceux qui ont l'habitude, poisson dans son eau.

Ce qui est curieux, c'est que je ne me reconnais pas sur cette photo. Mes cheveux méchés tirés en arrière. Mon visage rond, si rond. Et mes yeux d'enfant sage. Je me trouve plus jolie aujourd'hui. Certains jours, du moins. J'accepte que cette gamine sur cette image soit moi, mais un autre moi. Un moi pétri d'angoisses et d'idéaux qui rêvait d'épouser un homme comme ton père. C'est que j'aime tout dans son univers qui est aussi le tien désormais. Les couleurs sobres et les matières élégantes, les meubles qui brillent acajou et les peintures à l'huile encadrées de feuille d'or, les déjeuners dominicaux ponctués d'argenterie et de bons mots dans la salle à manger feutrée de ta grand-mère paternelle et les promenades en bottes caoutchouc au bord de la mer blanche d'écume de leur moulin breton, les conventions et les rites. Un décor peuplé de belles choses, de voix posées et de gestes lents que je découvre avec fascination.

Tandis que le soleil d'été poursuit sa course en me caressant le front, je me tiens droite face au photographe, les deux mains engantées de soie enroulées autour du bouquet de renoncules jaune et orange. Très droite comme devant l'autel quelques minutes plus tôt, le cœur électrique, écoutant le prêtre bénir mon avenir. Très droite comme à la sortie de l'église, vive les mariés, accueillant les félicitations et les pétales dans mon décolleté bordé de guipure, petits papillons dépareillés. Sans m'en rendre compte, je m'efforce d'assumer mon rôle. Sous l'œil amoureux de ton père, je suis une gamine qui joue à la mariée. À l'adulte. À la bien née. Je tais mes bleus, mes cris, mes rêves, ma fantaisie. J'apprends les codes, les piliers d'une vie rassurante. Posément, doucement, un pas en retrait. Mon conte de fées.

Je ne le sais pas encore mais en me mariant avec ton père à huit cents kilomètres de chez moi, je cherche à me semer. Oublier mon monde pour appartenir au sien. Comme un animal, loin des agitations bruyantes et désordonnées de ma famille tronquée, je choisis un terrier que j'imagine sûr où te donner naissance. Un havre de calme et de confiance. Un compagnon qui ne m'abandonnera pas. Un géniteur qui ne s'arrogera pas le droit de ne pas t'élever. Pour des raisons différentes, ton père et moi n'avons pas grandi à l'ombre d'un patriarche et je sais combien ce manque nous cimente l'un à l'autre. Cette absence l'a très tôt conduit à se bricoler ce bouclier de devoirs et de responsabilités qui m'a tant séduite. Garçon-adulte. Fils-père. Homme-racine capable de se suffire à lui-même pour ne pas subir le vide. À cette époque, je répète que je pourrais avancer les yeux bandés au bord d'un ravin en lui tenant la main. Je pourrais confier ma vie à ses paumes bien dessinées. Je sais qu'il prendrait les bonnes décisions. Je pense même qu'il les prendrait mieux que moi. Étrangement, dire cela est pour moi une déclaration d'amour.

Vers une heure du matin, ton père me propose de nous enfuir pendant que la fête bat son plein. Avant l'extinction des lumières. Avant le silence. Avant les cendres. Partir au plus haut de la vague pour ne pas ressentir la chute. On est en pleine coupe du monde de foot et c'est la première fois que la France accueille l'événement depuis soixante ans. Première fois aussi que l'équipe nationale est en finale. Face au Brésil, elle gagne 3-0. Un peu partout dans l'Hexagone et entre les murs d'une chambre d'hôtel plongée dans le noir, des cris de plaisir.

4

On ne peut pas savoir ce que cela fait d'être enceinte avant de l'avoir été. Au départ, ce n'est qu'une idée. On porte les contours d'un enfant dans son corps et on ne sent rien. Parfois quelques nausées, des seins obus, mais rien d'exceptionnel. Quelque chose nous bouleverse et on y croit à peine. Ce n'est que lorsque notre ventre s'arrondit qu'on commence à s'envisager différente.

Je suis à cinq mois de grossesse lorsque ton père immortalise mon nombril qui pointe sur cette image. Quelques mois auparavant, on a décidé de sauter le pas. Avoir un enfant. Faire un enfant, l'amour en grand. C'est ton père qui s'est mis à en parler l'air de rien, l'air de tout, avec du rose prudent dans la voix. Il y pense depuis longtemps, je crois. C'est que dans sa famille, l'envie d'enfant vient traditionnellement après l'envie de mariage. On se fiance, on se marie un an après, on conçoit un bébé les mois qui suivent, dominos du bonheur. Nos copains fraîchement bagués empruntent le même chemin et je me surprends un matin à me projeter à mon tour. Un désir flottant, diffus, excitant. Je suis encore une gamine qui joue à l'adulte dans les couloirs du service marketing que je talonne en tailleur chignon escarpins, mais le rêve de ton père me gagne. Un mois plus tard, je suis enceinte. Magie de la création. Dans mon ventre, tu prends forme. Dans ma chair, dans mon être, une mue commence dont j'ignore tout.

Je crois que c'est moi qui demande à ton père de me photographier. Je ne me suis encore jamais intéressée à cet art, mais j'admire le travail de la photographe américaine Annie Leibovitz et notamment l'image qu'elle a prise de l'actrice Demi Moore pour le magazine *Vanity Fair* en 1991. Enceinte de huit mois. Totalement nue. Le cliché a fait couler des ruisseaux d'encre et certains y ont vu l'autonomisation de la femme. C'est la première fois que je me dénude devant l'objectif d'un appareil photo. Mais en me tenant de profil devant ton père, une main posée sur ma poitrine et l'autre sur les poils de mon pubis pour les dissimuler aux regards comme Demi Moore sur le papier glacé, qu'est-ce que je me sens forte ce jour-là. Et libre. C'est nouveau. Devant la couverture du magazine, les hommes avaient applaudi. Devant mon corps en mutation, ton père appuie sur le déclencheur. Je suis lui. Je suis toi. Je suis nous.

Tandis qu'il me couve à travers le viseur, tu te manifestes pour la première fois. Premiers coups de pied. Premiers élans pour exister. Tu roules. Tu cognes. Tu cherches ta place entre nous. Dans mon ventre, des mouvements inconnus. Des tensions, des contractions, des relâchements, des aspirations. Mystère de ce qui se trame. Sous ma peau, dans ma peau, tu vis, manges et respires. Je te nourris et te fais grandir à l'intérieur de mon corps comme je le ferai bientôt à l'extérieur. Femme puissante. Ton père me dit alors que je suis belle et je fais le vœu qu'il ne s'arrête jamais de le penser. J'aime son regard tendre et confiant. Mais j'aime presque tous les regards qui se posent sur moi à cette époque. Te porter me rend singulière. On me cède la place dans le métro. On s'inquiète de ma santé. On me touche. On me veille. Le monde entier se penche sur ma grossesse. Ce qui est curieux, c'est que même des étrangers s'approprient mon état, s'approchant de moi à la boulangerie ou à l'épicerie pour poser leurs mains sur mon ventre, ton pied ou ta tête à travers mon pull, comme si mon corps leur appartenait. En homme qui apprend, ton père fait pareil. L'hôpital nous a proposé de suivre des cours d'haptonomie et il m'accompagne dans la salle jonchée de femmes enceintes. Il s'assoit dans mon dos, m'entourant de ses bras remparts pour glisser ses doigts émus sur ma peau nue. Par petites pressions, il essaie de communiquer avec toi. Éprouver la transformation, lui aussi. Devenir père. J'adore le guider en fonction de la manière dont tu réagis. Savoir. Un peu plus que lui pour une fois.

Ce jour-là, je sors juste de la salle de bains où je viens de me peser. J'ai encore pris quelques grammes de chair et de muscles et d'os et de cheveux et d'ongles. Je suis si fière de mes formes que j'ai envie de les montrer à la terre entière. Nouveau plaisir. Je me découvre exhibitionniste. Mon ventre rond, si parfaitement rond. Mes seins généreux. Mes hanches dessinées comme une amphore. Ma peau douce. Une féminité inconnue que j'accueille avec excitation. Quand je ne me promène pas nue dans notre appartement, je porte des robes moulantes qui soulignent ces courbes que mon corps ne reconnaît pas. Et j'entrevois ce pouvoir-là. La séduction du féminin. Ce rayonnement magique. Une aura inédite qui me gonfle d'orgueil. Mes seins habituellement menus sont des fleurs opulentes que je tartine de crème tous les soirs pour éviter qu'elles ne se fanent. Ma tête est parfois inquiète, un peu sonnée par l'incongruité de l'aventure, mais mon corps exulte.

Sous mes pieds, la moquette bleue que je foule à petits pas me chatouille. À travers les fenêtres, les toits de la ville se déroulent presque à l'infini sous le ciel d'automne. On est à l'étage du duplex qu'on vient d'acheter, entourés de meubles cirés, brillance parfaite, et j'ai le cœur léger. Notre chambre prend presque toute la surface du grenier, à peine grignotée par la salle de bains. On n'a pas encore commencé les travaux qui scinderont la pièce en deux espaces distincts, délimitant notre territoire du tien. Pas encore défusionné le deux pour créer le trois. En attendant, je m'accroche à ton père comme un koala. Je veux ce qu'il veut. Je suis ce qu'il est. Il a obtenu le job qu'il ambitionnait dans un grand groupe et je dors souvent quand il rentre le soir. Mais à peine m'effleure-t-il en se glissant près de moi pendant mon sommeil que l'envie de faire l'amour avec lui me réveille. Les sens aiguisés par la mutation de mon corps, je rêve d'explorer de nouvelles vibrations. La sexualité tranquille de notre quotidien ne me suffit plus. Quelque chose en moi se libère.

Je suis à cinq mois de grossesse et le compte à rebours de ta naissance a commencé. Toutes les femmes ne vivent pas cette attente de la même manière. Il y a les déjà et les seulement. Déjà cinq mois. Seulement cinq mois. Collaboration ou résignation. Je fais partie de celles qui aiment ça. On me dit que je rayonne. Je mange, je pleure, je ris. J'ai sans doute des envies mais pas assez extravagantes pour que je m'en souvienne. Je cède à un verre de vin avec un morceau de fromage au lait cru de temps en temps et au diable la listériose. Le week-end, dès qu'on le peut, ton père et moi marchons main dans la main sur les plages bretonnes. Sereine et comblée, j'ai l'impression d'avoir posé les briques d'une vie parfaite.

Pendant qu'il me fixe sur la pellicule, je t'envoie des signaux. De la pulpe de mes doigts, je te dis papa te regarde. Je te dis je t'aime. Je te dis grandis bien. Tu mesures vingt-cinq centimètres. C'est ce que nous a appris l'échographe en baladant sa sonde contre ma peau molle quelques jours auparavant. Ton père l'avait dévisagée comme si elle lui avait annoncé l'arrivée des extraterrestres. Avant de fixer à nouveau les vaguelettes qui bougeaient en noir et blanc sur l'écran. Elle nous avait demandé si on voulait connaître ton sexe. On avait hésité puis on avait dit oui. J'avais dit oui. Je voulais savoir. Mon ventre en avant me laissait espérer un chromosome Y selon les prédictions inspirées de ton arrière-grand-mère maternelle, mais je préférais avoir le temps de ravaler ma déception au cas où. Ce qui ne m'empêchait pas de répéter à ton père que je désirais un garçon. Plusieurs même. Une équipe de foot ou de rugby, une bande d'hommes. Sans me l'expliquer, je n'avais pas envie de devenir mère d'une petite fille. Une appréhension que je ne cherchais pas à interroger. Par chance, l'échographe avait confirmé. Sous son appareil électronique remuait un mâle. J'avais lu de la fierté dans le regard mouillé de ton père tandis qu'il me serrait la main au-dessus de la table d'examen. L'univers continuait de nous sourire.

À quel moment devient-on mère ? Est-ce quand l'enfant naît à l'extérieur de notre corps ou quand il prend forme à l'intérieur ? Ta grand-mère paternelle, à qui je montre cette photo de moi, nue, quelques semaines après, a un léger recul. Je sens qu'elle est troublée que je m'affiche ainsi, fesses à l'air chair offerte. Elle bloque sur les poils noirs et drus qui s'échappent de mes doigts. Je perçois sa stupeur et m'inquiète trop tard. Elle fronce le nez, mimique familière. Cela ne se fait pas dans son monde.

Sans le savoir, grâce à toi, je commence à m'affirmer.

5

J'ai crié. Deux jours avant cette photo, j'ai crié et tu es né. Tu as été sorti de mon ventre, éjecté de mon corps. Me voilà mère, c'est irréfutable.

Dans ma chambre d'hôpital encombrée de fleurs, de livres et de bavoirs tachés, j'ai ouvert ma chemise à carreaux bleu et blanc, dégrafé cet horrible soutien-gorge de mammouth que je ne quitte plus, et réussi après t'avoir calé dans mes bras à te glisser mon téton entre les lèvres. Ta bouche a ventousé mon mamelon. Le lait a trouvé lentement le chemin de ta gorge et j'ai découvert, incrédule, ce petit miracle. Tu es en train de me boire.

L'avant-veille, dans la salle d'accouchement, j'ai supplié ton père de se tenir au-dessus de mes épaules tandis que je lui écrasais les doigts en criant de douleur. Un hurlement et une injonction transpirants de sang et de liquide amniotique. Interdiction de regarder entre mes jambes. Une obsession. J'avais lu tant de boucheries venues se superposer au récit fantastique de la naissance. Tant de traumatismes repoussant le désir. Tant de récits de sexualités contrariées. Je ne voulais pas que l'homme que j'aimais me réduise à un vagin béant comme un ravin. Mais j'avais accepté qu'il coupe le cordon et qu'il détache nos corps. Symboliquement, c'est le père qui va permettre à l'enfant de s'éloigner de sa mère en grandissant. C'est lui qui va empêcher qu'on se confonde à force de s'aimer, toi et moi. Première séparation.

Sur mon lit, allongée au-dessus des draps froissés éclairés par un néon blanc moche réglementaire, je suis épuisée. Les paupières rougies par le manque de sommeil, des cernes comme des sacs de charbon. Épuisée et bouleversée. Un bout de moi s'agite non plus à l'intérieur de mon ventre mais à l'extérieur. Je plonge mon regard dans tes yeux pour y chercher la confirmation de ma transformation. Je sais que tu ne peux pas encore me voir à cet âge, mais tu peux me sentir. Me renifler me palper m'écouter. Tu ne te perçois pas comme un être indépendant mais comme un prolongement de moi, partie prenante de mon corps, pas encore distancié malgré la coupure clac de ton cordon. Il paraît que les mères ont ce sentiment de ne faire qu'un avec leur bébé. Pas moi, je crois. Calée contre l'oreiller, le creux des jambes recousu sous mon short à carreaux, le ventre vidé mais toujours rond et mou, je t'observe avec une distance respectueuse. Je sais que tu n'es pas moi, même si ce sera bizarrement moins clair lorsque tu grandiras. À cette seconde, je scrute juste avec admiration ta tête bien formée. Qui es-tu ? Qui vas-tu devenir ? Je lève le menton et croise le miroir en plastique suspendu en face de mon lit près de la télévision. Et moi, qui vais-je être désormais ? Plus tout à fait celle d'avant, pas encore celle d'après, je guette le signe de ma nouvelle identité, les battements de mon cœur de mère. Mais tout est brouillé. J'ai envie de rire. Et aussitôt après de pleurer. Crier de bonheur. Hurler de peur. Je m'identifie à tes besoins, pensant savoir ce que tu ressens, mais un instant plus tard, je ne comprends plus rien. Si loin, si proche. Est-ce que tu as faim froid chaud ? Comme toi, je me sens minuscule.

Aujourd'hui, avec le recul, j'ai le sentiment d'avoir suivi le chemin inverse de la plupart des femmes. C'est avec le temps que je t'ai intégré dans ma chair, projetant sur toi ce que je suis. C'est avec l'angoisse de te perdre en te voyant grandir que j'ai voulu te garder avec moi, dans ma maison comme dans mon ventre. Ce qui explique sans doute que je n'ai pas ressenti de baby blues à ta naissance. Pas de sentiment de perte ni de séparation. C'est aujourd'hui que cette émotion me submerge.

Ton père te soutient pendant que je te présente mon autre sein. Une sage-femme entrouvre la porte et veut savoir si j'ai besoin de quelque chose. Je lui réponds que tu as souri ce matin. Mon fils a souri. Ces premières fois où je dis mon fils ont un goût particulier. À la puéricultrice : je voudrais donner le bain à mon fils. À l'infirmière : je voudrais des couches pour mon fils. Au médecin : mon fils ne dort pas. Je suis étourdie par tout ce qui s'entrechoque dans ma poitrine lorsque je prononce ces deux petits mots. Je dis mon fils et c'est mon visage balbutiant de mère qui surgit, rayon de soleil timide, dans le reflet de ton berceau. Mon visage de mère primale et nourricière. C'est d'ailleurs parce que je veux me sentir mère sur chaque parcelle de mon corps, à fleur de peau de souffle de chair, que je te donne le sein. J'ai défendu ce choix auprès de ton père. À lui, j'ai parlé de l'expérience animale, du supplément d'âme et de santé. Mais à toi, je peux l'avouer. C'est aussi pour t'être irremplaçable, je crois.

Tu pèses 2,9 kg et mesures 41 cm. De mon côté, j'ai vingt-cinq ans et lentement, gauchement, j'apprends à être responsable de toi. Je te porte. Je te berce. Je te caresse. J'apaise tes peurs. Je te lave. Je te nourris. Je joue avec toi. Chaleur de ta main contre mon ventre. Tiédeur mouillée de ta bouche qui aspire mon lait. Regards qui se cherchent se perdent se trouvent. Je disparais hop derrière mes mains, puis réapparais. Tu t'inquiètes, puis éclates de rire. Sans le savoir, je te familiarise déjà avec l'absence et la séparation. La nuit quand je ne dors pas, j'écoute ta respiration pour me convaincre que je ne rêve pas. J'enregistre les mille mouvements furtifs de ton visage, ballet d'ange sans larmes, tes lèvres pincées plissées quand tu ouvres les yeux, tes sourires asymétriques, tes paupières qui sursautent, tes bâillements de faim, tes éclats de voix quand tu ne veux pas quitter mes bras. Cris et babils. Accords et désaccords. Déjà.

Dans les couloirs, je réapprends aussi à marcher seule avec ce nouveau poids sur mes épaules. Odeurs d'hôpital, de savon, d'amande douce, de transpiration. Je croise d'autres mamans, somnambules projetées comme moi vers le mystère de la parentalité, foulant le lino dans un sens puis dans l'autre en quête d'un peu de force et de confiance, tandis que les pleurs dans les berceaux se sont tus. Fragilité de ces heures arrachées à l'inconnu. Je frôle les portes des chambres de celles qui ont réussi à s'endormir et envie leur sommeil. Je suis le pas des infirmières de garde, le bruit des machines, les arabesques de mon cerveau qui se demande si j'aurai l'instinct maternel. Une sacrée jungle.

Tandis que tu serres tes doigts brindilles autour de mon mamelon, je te caresse avec précaution. Je maintiens ton dos de ma main gauche, celle qui porte au-dessus de mon alliance le saphir griffé de diamants et de promesses offert par ton père pour nos fiançailles, veillant à ne pas te blesser. J'ai si peur de te faire mal. D'aussi loin que je me souvienne, j'ai toujours été maladroite, toujours renversé une chaise un plat un verre dans les dîners quand ce n'était pas plusieurs. Comique de répétition. Ton corps fragile entre mes bras, je m'exerce depuis deux jours aux gestes de la maternalité. Des sages-femmes nous apprennent à vous baigner sans vous noyer, nettoyer vos nombrils sans les accrocher, vous emmailloter sans vous lâcher. Mais je suis hésitante. Lorsque les puéricultrices me voient faire, elles ne peuvent s'empêcher de me mettre en garde. Attention à sa fontanelle, s'écrient-elles en chœur, tandis que le regard stressé de ton père ajoute à mon angoisse. Parce que lui sait. Comme toujours, lui sait ce qu'il faut faire et comment le faire. C'est même pour ça que je l'ai choisi. Il a des gestes sûrs et précis, la certitude tranquille de sa place dans le monde, sa valeur, son utilité, tandis que je crains sans cesse de déborder. L'impression que je vais incidemment enfoncer mon doigt dans ton front. J'imagine la matière molle et sanguinolente, la cervelle touchée derrière la peau, les lésions inévitables. Alors je chuchote cette phrase pour prévenir mon entourage : je n'ai pas confiance en moi. Cette phrase brandie comme une excuse, comme une bougie, comme un bouclier, utilisée parfois en justification, prend un son particulier quand il s'agit de s'occuper d'un enfant. Je n'ai pas confiance en moi pour m'occuper de mon enfant. Qu'est-ce à dire ?

Six mois plus tard, alors que je cuisine en t'ayant posé dans ton transat sur la gazinière pour que tu sois à ma hauteur, je te tourne le dos un instant et paf. Tu bascules. Face au sol, le front projeté écrasé contre le carrelage. Voilà. J'ai fait du mal à mon bébé. J'ai provoqué ce que je redoutais. Je me souviens avoir aussitôt pensé que ton père n'allait jamais me le pardonner. Avant même de me précipiter, je crois. Avant de te relever, la crainte de sa sanction. Puis je me suis agenouillée, j'ai attrapé ton corps hurlant, ton manteau, mon manteau, et j'ai couru dans la rue arrêter la première voiture qui passait devant notre immeuble pour lui demander entre deux sanglots de m'emmener à l'hôpital tout proche. Bonne à rien, va. Incapable. Le conducteur s'est exécuté en silence tandis que je me méprisais en m'accrochant à toi. On aurait dit deux gosses recroquevillés sur le siège passager. Puis je me suis calmée et j'ai joint ton père par téléphone. Il m'a répondu d'une voix sourde de le rappeler lorsque j'aurais vu un médecin. Pas un mot plus haut que l'autre malgré les miens qui ricochaient. Pas un reproche. Pas un soutien, non plus. Juste les faits, rien que les faits, sa grande maîtrise. Heureusement, à l'hôpital, tout est rentré dans l'ordre. J'ai seulement eu droit à un regard de travers quand j'ai expliqué que j'avais posé ton transat sur la gazinière. Les autres mères ne le faisaient-elles jamais ?

Tandis que j'essuie le lait qui écume autour de ta bouche, je te parle. Je te chuchote des mots comme autant de secrets.

Tes yeux ne me quittent pas. Tu écoutes la chanson de ma voix, litanie des voyelles percussion des consonnes, avec une attention écarquillée malgré la succion. En t'offrant ma langue en même temps que mon sein, je transforme ton monde sonore et flou en une ronde de sens. Tu reprends ta respiration et ton père me demande si ça va. Oui. Est-ce que tu tètes comme il faut ? Oui. Oui, notre fils se nourrit. Notre fils. Je commence peu à peu à t'appeler par ton prénom. Ça ne vient pas tout de suite, cette habitude-là. L'attachement naît avant les mots, en marge des mots, dans la chaleur et la musique et les regards qu'on échange. Il faut du temps pour nommer les choses et les gens. Parce que te nommer implique déjà de te détacher de moi. Te projeter autre. Acter ton existence en dehors de la mienne. Comme une berceuse, je te répète doucement ce jour-là que tu t'appelles Malo et que c'est pour moi le plus beau prénom du monde. Un prénom sans longueur ni artifice. Un prénom breton qui te transmet un peu de ton père, mais à consonance espagnole pour qu'il te colore aussi de mon histoire. On avait hésité entre Marin et Malo, mais je trouvais Malo plus franc, la fin en o plus virile. Je m'étais d'ailleurs raconté à l'époque, en bonne élève qui avait étudié l'anglais et l'allemand pour être dans les meilleures classes et ne parlait pas un mot d'espagnol, qu'*el malo* signifiait « le mâle », « le garçon ». J'aimais cette proximité, une broderie supplémentaire autour de ton prénom.

Pendant que tu dors et que ton père est parti s'acheter un café au distributeur dans le couloir, je te confie ton héritage, le mien. J'ai toujours parlé aux esprits, aux objets, aux plantes, aux maisons. Toujours entretenu avec le monde invisible un lien affectueux. Je te présente donc Consuelo. Décédée quatre ans auparavant en même temps que Marcel Carné, elle n'a vu ton père qu'une seule fois mais je me plais à penser qu'elle l'a apprécié. Je l'imagine debout devant ton berceau dans la chambre d'hôpital. Malo, voici Consuelo, ton arrière-arrière-grand-mère. C'est elle qui m'a dorlotée pendant que ta grand-mère et ton arrière-grand-mère travaillaient et j'aimerais que son prénom te soit familier. Consuelo comme la femme de Saint-Exupéry, cet écrivain voyageur que tu liras j'espère un jour. Je t'explique alors que Consuelo était espagnole, catholique, et qu'elle nous a toutes élevées, ta grand-mère, ton arrière-grand-mère et moi. Elle nous a transmis l'amour de la corrida et le respect de la religion, même si je n'ai exploré ni l'une ni l'autre. Une grande part de ce qui nous constitue, toi et moi, nos ombres et nos lumières, vient d'elle.

Tes paupières sautillent à peine sous le souffle de mes confidences. Repu, tu as cessé de téter et tu t'es à nouveau endormi contre ma poitrine. Lové dans mes bras, tu ne crains pas de t'éloigner de moi en te perdant dans ceux de Morphée. Tu as baissé la garde, confiant et vulnérable, comme tu le feras plus tard après avoir aimé tes premières fiancées, replié dans ton corps exultant d'apprenti vivant. Mais ce sera une autre histoire quand je te recoucherai dans ta gigoteuse tout à l'heure. Une autre histoire dans quelques années quand tu refuseras d'aller au lit après dîner. Et une autre histoire quand, adolescent, tu tourneras dans ta chambre jusqu'à l'aurore, incapable de céder au sommeil et finissant par te convaincre que tu es de ces oiseaux qui préfèrent respirer la nuit. Le sommeil terrorise les enfants à tous les âges car ils ont peur de ne pas retrouver leur monde à leur réveil, mais qu'en est-il des adultes ? Est-ce que les insomniaques ont peur de se séparer des autres, eux aussi ? Et qu'en est-il alors des marmottes comme moi ? Depuis toujours, le sommeil m'attire comme un aimant au soir tombé. Jusqu'à ce que je quitte la maison de ta grand-mère, je disparaissais tous les jours dès la fin du journal télévisé. Arrachée au temps. Coupée du réel pour une dizaine d'heures. Jetée dans un ailleurs où je ne suis pas, refuge éphémère. Une habitude que j'entretiens en vivant avec ton père qui me découvre régulièrement sous la couette lorsqu'il rentre tard du bureau. Pourquoi je me mets ainsi en sommeil à cette époque, je l'ignore encore tandis que je te berce ce jour-là.

6

L'uniforme ne me va pas. Ma veste de tailleur me serre la poitrine et mon sac en cuir m'entaille l'épaule tandis que je rentre à pas pressés pour te retrouver. J'ai repris le chemin du bureau, les horaires, le ton posé, les talons, et chaque soir, je t'embrasse avec l'énergie du manque. On se sépare désormais tous les matins et il faut apprendre l'éloignement. Derrière la porte, je redeviens celle que j'étais avant, la passante, la fille, la collègue, l'amie. Mais je me retransforme en mère dès le seuil de l'appartement franchi.

Le chignon bas dont s'échappent quelques mèches fatiguées, le chemisier froissé sous la veste croisée, la jupe assortie beige qui tombe sur mes jambes engoncées d'escarpins, je t'attrape aussitôt dans mes bras. J'aime ce moment. Ta bouche qui s'étire en me reconnaissant. Ton nez qui se fronce. Tes sourcils qui s'arrondissent de surprise puis de joie. J'enlace ton corps, fraîchement emmailloté par ta nourrice qui vient de te donner le bain en lui demandant si tout s'est bien passé. Sempiternelle question d'une mère qui a confié son trésor à une autre. Est-ce que tu as bien joué bien dormi bien mangé ? Est-ce que je t'ai manqué ?

Sur cette photo, ton visage se dessine. Dans tes traits de bébé qui s'affinent, je distingue le futur enfant mais pas encore le jeune homme. Est-ce qu'en te voyant aujourd'hui, je reconnais le nouveau-né ? Tout était-il là dès ta naissance ? Ton regard ? Ton caractère ? Ton rapport au monde ? Comme tous les soirs, dans tes pupilles qui virent feux d'artifice, je m'ancre. C'est toi qui me fais devenir mère. Toi qui me fais grandir. Tu te jettes sur moi avec tes yeux confiants, fusion absolue, et j'en profite. Tu ne sais pas encore que j'ai des défauts, mes cris, ma fragilité. Je suis ta reine.

Immortalisée par ton père qui est rentré en même temps que moi, je m'accroche à toi comme à un bouclier. Je suis de moins en moins heureuse de me lever le matin, plus si sûre d'habiter mon rêve professionnel, et je reprends chaque jour ma place dans tes bras, le souffle court. Je vérifie que c'est bien toi, mon bébé, et que ta nourrice ne t'a pas échangé en mon absence. Je te scrute. Qu'as-tu de plus que tu n'avais pas hier ? Une expression ? Un geste ? Tu as huit mois et c'est le moment où l'entourage ne cesse de superposer d'un air inspiré ton visage à celui de ton père et au mien. Parfait mélange de ses parents ou copie calque de l'un ? Est-ce que tu me ressembles un peu beaucoup passionnément ? Tu as les yeux, le nez et la sensibilité à fleur de peau de ta mère disent les chœurs, le front, les sourcils et le mental solide de ton père répliquent leurs voisins. Les pieds plats comme moi, je rajoute. Mais mes mains, se rengorge ton père. Pourquoi cette nécessité de t'étiqueter ? Et pourquoi y prendre autant de plaisir ? Est-ce que cela me rassure ? Ai-je besoin de confirmer que tu es bien mon bébé puisque tu portes des morceaux de mon visage ? Ai-je besoin de reconnaître dans ta chair une preuve supplémentaire de ma maternalité ? À cette époque, je t'examine souvent. Je le ferai aussi plus tard lorsque tu grandiras loin de moi, interrogeant tes gestes et tes réactions au miroir des miens comme une trace indubitable de notre lien.

Lové contre mon oreille, tu vocalises à présent. Tu chantonnes. Tu ouvres grand ta bouche, laissant fuser deux sons tout ronds. Ma. Man. C'est à cette époque que tu prononces tes premiers mots. Les mots deviennent des choses, les choses se mettent à exister sans toi, donc en ton absence. Apprendre à parler, c'est apprendre à dire la séparation. Prendre conscience de la perte. Tu répètes désormais maman dans un moment de joie comme d'inquiétude. Les deux syllabes sortent de tes lèvres à tout bout de champ. Elles nous plantent toi et moi dans le décor. Maman. Un même mot pour tant d'histoires. Moi aussi, je dis maman à ta grand-mère. Même si j'utiliserai bientôt le surnom de Mamicha par lequel tu l'appelleras. Comme si en devenant grand-mère, elle était un peu moins ma mère. Comme si c'était moi la mère et qu'il ne pouvait y en avoir deux.

Tandis que ton père nous mitraille, tu jettes ton doudou en espérant que je le ramasse. Je m'exécute et tu recommences. Ronde sans fin qui te révèle à ta toute-puissance, mais te confirme également ma présence. Inconditionnelle. Je suis là pour toi. Je fais ce que tu me demandes. Ravi, tu reproduis ton geste en toupillant des jambes, les doigts enfoncés dans ta bouche. Un peu de salive déborde sur tes gencives nues qui libéreront bientôt tes premières phrases. Pont ou fossé ? Tu vas dire non. Tu vas dire je. Tu vas te distinguer et devenir autre. Entre toi et moi, une frontière de mots. Alors que je devine jusque-là chacune de tes émotions, tu vas te dérober. Ton père s'amuse de tes ânonnements. Ton évolution l'émerveille. Il a hâte que tu dises aussi papa. Maman et papa. Un écrin mais aussi le début de la différenciation. Car c'est ton père qui va t'apprendre les notions de dissemblance et de détachement. Il n'a pas la même texture de peau que moi, pas la même voix, pas la même façon de t'embrasser, de te tenir, de te donner le biberon, de jouer avec toi. Il le fait à sa manière d'homme et c'est ce qui rend si précieux de grandir entouré de ses deux parents. Ou plus exactement d'un masculin et d'un féminin, peu importe leur place. Les psys disent que le père doit détourner la mère de son bébé, tout en la soutenant dans sa mission maternelle. Parce que le père était là avant le bébé. Dire à un enfant qu'il est un enfant de l'amour n'est pas juste lui exprimer qu'il a été désiré. C'est aussi lui faire comprendre que sa mère aime son père, un homme, un adulte, avant lui. L'enfant n'est pas le seul objet de son amour. Ça tombe bien, puisque à ce moment-là, j'aime ton père à la folie. Avant n'importe qui. Avant toi. Avant moi, même.

Lorsqu'on va au marché le dimanche matin, les commerçants nous font souvent remarquer combien on se ressemble, lui et moi. Mari et femme mais aussi frère et sœur. Couple siamois. On a le même rond de visage, la même teinte blond foncé de cheveux, le même genre de traits doux et charnus. Et on pense pareil. Enfin, je pense comme lui. J'épouse ses idées, j'embrasse ses goûts. Ce qui explique qu'on ne confronte pas nos visions. Ce que nous sommes, ce que nous pensons, va couler dans tes veines, essence précieuse, mais on ne se pose pas la question de l'éducation que l'on va te transmettre. On part du principe que c'est la même puisqu'on s'aime. Est-ce que nous t'expliciterons à chaque fois notre position en disciples de Dolto ou bien appliquerons-nous notre autorité sans chercher à nous justifier, les parents savent un point c'est tout ? Faudra-t-il que tu demandes la permission pour te lever de table ? Attendrons-nous que tu ranges ta chambre tous les jours ou bien tant pis pour le bazar, c'est ton espace ? T'offrirons-nous des voitures et des pistolets ou te laisserons-nous bercer des poupées au gré de ta curiosité ? T'inciterons-nous à briller en maths, prolonger tes études pour ne pas risquer le chômage, ou t'encouragerons-nous à faire ce qui te plaît, tout est possible si tu t'en donnes les moyens ? Quel rapport à l'argent t'insufflerons-nous ? T'inculquerons-nous les bienfaits d'une certaine forme de libéralisme, le sens du mérite, on ne gagne que ce qu'on sème, arrêtons l'angélisme, ou bien la solidarité militante et vive la revalorisation du smic ? Te demanderons-nous de manger tes spaghettis avec une cuillère et de finir ton assiette, pas de gâchis, ou te murmurerons-nous c'est comme tu veux mon ange ? T'enseignerons-nous à protéger la planète, ne pas laisser le robinet couler tandis que tu te laves les dents, trier les déchets, ou après nous le déluge ? Et quelle relation aux autres vas-tu expérimenter ? Des amis qui déboulent à la maison en riant et dansant toutes les semaines ou une fois tous les six mois autour de discussions sérieuses, bonsoir tout le monde avant minuit ? T'apprendrons-nous à faire confiance aux inconnus et à répondre au salut ça va d'un clochard ou à tourner la tête et à toujours vérifier ta monnaie ?

À peine je te repose sur ton tapis que tu trottines à quatre pattes. Deux mois plus tard, c'est à deux jambes que tu t'éloignes de moi, lâchant la table du salon pour rejoindre le fauteuil. Tu marches. Tu quittes la sécurité de mes bras pour conquérir l'espace, ta chambre, notre appartement, le parc. De tes doigts, de tes yeux, de ta bouche, tu embrasses désormais tout ce que tu peux atteindre. Soldat debout qui ne fera pas son service militaire puisque celui-ci vient d'être supprimé, tu pars à l'assaut du monde et je te cours après avec une fanfare de précautions. Fais attention au vase. Ne mets pas ton pouce dans la prise. Ne te penche pas par la fenêtre. Ne touche pas la porte du four quand il est allumé. Des recommandations comme une prière, comme un psaume, comme un mantra. Il commence tôt, ce mouvement, cet élan effréné vers son enfant pour l'empêcher de se blesser.

Tu marches à peine que tu veux déjà vivre sans moi.

7

C'est ton premier voyage dans le ciel. On a tous les trois sauté dans un avion et atterri pour une semaine sur une île bleu électrique. Dans les remous de la piscine, ta peau nue contre la mienne, tu éprouves ton corps et je réapprends le mien. Ce n'est pas rien de refaire connaissance avec son corps après un accouchement. On le trouve gros. On le trouve mou. On le trouve vide. On le trouve inutile. Depuis un an, il n'existe que par un enfant et voilà qu'il redevient juste lui. Moi seule.

C'est que mon corps s'est endormi depuis que tu es là. Je travaille. Je m'occupe de toi. Je me couche tôt. Je m'ennuie dans notre bel appartement après t'avoir bordé, un câlin et dodo. Parfois, j'attends ton père qui s'est attardé au bureau, mais rien n'y fait. Je patiente devant la télévision. Je bois une tisane. Je change un meuble de place. Je bouquine. Je soupire. J'écoute le silence. Et je disparais dans le sommeil. J'ignore encore à ce moment-là à quel point je me sens seule. À quel point je rêve d'autre chose. Alors je dors. Je me mets en sommeil comme entre parenthèses. Je fais passer le temps et qui sait où il file? Mais au contact de l'eau qui va et vient autour de moi, quelque chose ce jour-là recommence à vibrer. Dans l'air, des odeurs de fruits mûrs et de terre brûlée. Dans ma bouche, le goût du chlore. Dans mon oreille, ton rire. Contre mon épaule, ta peau rafraîchie de gouttelettes. Devant moi, ton père, assis sur le bord de la piscine avec son torse parsemé de poils et de grains de beauté, muraille familière.

Tandis qu'on renoue avec le soleil et la lenteur, je sens mon corps qui se réveille, exposé aux regards et à l'air libre. Libre de nager nue ou presque. Libre de m'enfoncer pieds joints dans le sable. Libre de me saouler de mer et de vin et de rhum. Libre de me jeter contre ton père lorsque tu feras la sieste tout à l'heure sous la moustiquaire. Ce qui me tombe dessus à ce moment-là est une envie sourde et brutale de ranimer ma chair. Je veux que ton père me fasse du bouche-à-bouche. Je veux que ses doigts m'explorent. Je veux sentir mes hanches et mes cuisses et mes seins se contracter de désir puis de plaisir contre lui. Je veux redevenir une femme. Une femme qui rit, une femme qui séduit, une femme qui jouit. Je me souviens avoir acheté à l'aéroport un livre populaire d'éducation sexuelle qui fait fureur à cette époque. Entre les lignes grossières d'un discours à l'américaine, des positions inédites, des caresses inconnues. À voix basse, tandis que tu t'es endormi sur ma serviette après ta baignade ce jour-là, je m'amuse à décrire à ton père de quelle façon et à quel endroit je le frôlerai plus tard dans notre chambre. Mais cela le met mal à l'aise. Il n'est pas de ces hommes qui expriment leur sensualité en dehors d'un matelas. Alors il se moque gentiment, il temporise, il détourne. Et il revient à toi. Je ravale mon excitation, mes fantasmes, et m'échappe seule. Sur le carrelage de la douche, sous une pluie d'eau brûlante au goût de terre, je reprends possession de mon ventre.

On part parfois pour se rassurer. Après la venue d'un enfant, se retrouver autrement. Dans ce paradis, j'ai sans arrêt envie de ton père. Le matin, l'après-midi, dans notre chambre, mais aussi au restaurant ou à la plage. J'ai besoin de me réapproprier mon corps. Me délester de toi. Sortir du cadre. Redevenir insouciante innocente inconséquente. Ton père cède une nuit à ma fantaisie. Tandis que les derniers couche-tard prennent un verre au bar de l'hôtel, je l'entraîne dans le coin le plus éloigné de la piscine et dénoue lentement mon maillot. Puis je frotte ma peau contre lui qui m'observe, perplexe, indécis, le dos calé sur le rebord et les bras déployés en croix de chaque côté comme un martyr. Jusqu'à ce qu'il m'enlace à son tour. Tandis que tu rêves dans notre chambre toute proche, on se glisse l'un dans l'autre, on s'emboîte, on se remue, on se réveille. Après avoir fusionné avec toi pendant l'année écoulée, on se réenvisage sans toi. Quelques mois plus tard, la représentation théâtrale d'une de nos amies achève de me ranimer. Dans l'obscurité de la salle, alors que les deux comédiens s'embrassent, je suis prise de tremblements malgré moi. Danse violente et incongrue. J'ai beau me répéter que mon amie, par ailleurs mariée et deux fois mère, ne reçoit qu'un baiser d'illusion, je ne peux m'empêcher d'éprouver la saveur de leurs langues dans ma bouche, la pression de leurs mains sur ma nuque, mon dos, mes reins, mes fesses. Et de pleurer en silence.

Ce que cela veut dire, je ne le sais pas encore tandis que ton père te couve du regard dans l'eau chlorée, agitée de reflets et de possibilités. Je me sens juste à fleur de peau. En manque. Alors je t'attrape par la taille et te propulse comme un avion. Je te maintiens sous le ventre, une main sous ton menton pour que tu ne boives pas la tasse, et je te fais aller et venir, trois petits tours et puis s'en vont, dans les remous qui t'éclaboussent. Tes jambes pédalent contre ma poitrine entre deux éclats de rire mouillés et c'est comme une chanson gaie qui efface tout. Jusqu'à ce que ton père décide qu'il est temps de te sécher. D'un geste sûr, il te sort du bassin, t'enroule dans une serviette en te frottant vigoureusement de ses paumes d'homme, puis il te love contre son torse et se saisit du biberon qu'il a préparé juste avant, tiède et crémeux, dans son étui tempéré. C'est simple, toute la semaine, ton père veille sans faillir, changeant tes couches et s'allongeant volontiers près de toi pour que tu t'endormes dans notre chambre tandis que je finis par aller nager ou lire seule sous un palmier. Ce qui a commencé à ta naissance se poursuit. Sérieux, responsable, nourricier, ton père s'occupe si bien de toi que je me tiens parfois en retrait. Dans la piscine ou sur le sable, je deviens spectatrice d'un ballet dans lequel je ne trouve pas ma place. Assistée. Dominée. Une enfant. Le deuxième enfant de ton père. Il me faut suivre l'organisation. Respecter les horaires. Ne pas faire de bruits. Ne pas chahuter. Et c'est pire encore le jour où un ouragan s'annonce et que les pouvoirs publics nous encouragent à nous enfermer fissa dans notre chambre d'hôtel en attendant que le ciel s'apaise et que notre vol de retour soit à nouveau programmé.

Qu'est-ce qui fait qu'on se souvient précisément d'un moment plutôt que d'un autre ? Je suis assise sur une chaise en bois sous une vieille télévision cubique qui ne fonctionne pas, tandis que ton père est allongé sur un couvre-lit à franges orange près de toi qui dors sur le ventre en body blanc, tes deux poings minuscules repliés près de ta bouche. On vient d'allumer la radio. Le cyclone s'appelle Dina et ses rafales dépassent 180 kilomètres à l'heure, avec des pointes à 250 kilomètres à l'heure en altitude. Dina souffle. Dina gronde. Dina menace. Alerte rouge, prévient le journaliste. Interdiction de sortir pendant vingt-quatre heures. Dans notre refuge aux rideaux tirés, volets fermés porte verrouillée, on commence par s'inquiéter. A-t-on assez de lait en poudre ? Oui. Et six bouteilles d'eau. Et quatre petits pots. Et trois paquets de biscuits. Alors tandis que le visage de ton père se contracte comme une terre aride, le mien se déplie. Enfin, une aventure. Je ris. Je me sens bien avec mon fils et mon mari entre ces quatre murs. Comblée et protégée. Mais pas ton père qui se renfrogne et se replie dans le silence comme un animal aux aguets.

On entend souvent dire que c'est dans le conflit que les gens se révèlent, les obstacles abattant les masques aussi sûrement qu'un jeu de cartes. On entend souvent dire qu'on ne sait pas comment l'amour s'arrête. Sauf que c'est faux. Parfois on sait. Le lieu. L'heure. La minute. Ce jour-là, j'ai la sensation fulgurante d'un immense malentendu. Pour la première fois, je doute. Qu'est-ce que je fais là avec cet homme sans humour sans désir ? Et si je m'étais trompée ?

8

J'ai toujours rêvé d'une vie différente. Lorsque j'étais gamine, je mémorisais des monologues de théâtre et des poésies. Anouilh. Racine. Aragon. Rimbaud. Prévert. Corneille. Baudelaire. Je passais mes week-ends enfermée dans la maison de ta grand-mère comme dans une tour d'ivoire, couchée à plat ventre sur la moquette violette de ma chambre. Tandis que mes copines faisaient les boutiques ou les idiotes, je me gargarisais de mots. Je déclamais. Je chuchotais. J'éprouvais. Pas question de me contenter d'une vie étriquée et banale. Je voulais vivre grand. J'avais l'intuition obscure, informulée, précieuse, que mon futur n'aurait de sens que si j'y trouvais un dépassement. Je mourais d'envie de voyager écrire peindre apprendre à penser. À l'endroit à l'envers, dire le monde. Et aussi rencontrer rire débattre jouir. Je ne voulais pas d'une simple vie à vivre mais d'une folle vie à inventer. À cette époque déjà, je ne supportais pas qu'on m'assène qu'un secteur professionnel était bouché. Il aurait les horizons que je saurais me créer. Je détestais entendre les paroles battues d'avance, les projections cadenassées de ceux qui avaient renoncé, parfois sans même avoir essayé. Je percevais dans leur conformisme une abominable lâcheté, le refus d'affronter ce que l'air et le ciel et la terre avaient à offrir. Le refus de découvrir qui ils étaient. Même si c'est bien ce que j'avais fait jusque-là.

J'ai repris mon travail depuis un an et demi lorsque je te retrouve au parc ce soir d'automne. Je pose mon sac en cuir et ma veste de tailleur sur le banc près de ta nourrice et me précipite vers toi qui joues avec un seau jaune et une pelle rouge dans le bac à sable. Je t'ai acheté une girafe en caoutchouc dont tu t'empares aussitôt, glissant l'une de ses pattes dans ta bouche salivante, tandis que je te hisse dans mes bras et enfouis mon nez dans ton cou. Ton odeur. Lait caillé, purée de carotte, savon de Marseille. Tes manches en laine grise s'agitent comme de petites hélices métalliques et mon cœur s'éparpille dans ma poitrine. C'est le moment que choisit ta nourrice pour nous photographier. Elle veut te montrer à sa mère et nous fixe dans cette position, collés serrés écrasés. Puis elle attrape ses affaires avec une hésitation. J'ai pleuré sur le trajet du métro et j'ai le regard salé, légèrement creusé. Est-ce qu'elle devine ce qui est en train d'arriver ? Tandis que je la salue, merci et à demain, je suis prise d'un vertige. Je t'installe dans ta poussette avec un biscuit, puis m'assois quelques minutes.

Un mois auparavant, les tours jumelles se sont effondrées à New York. J'étais dans le bureau de ma directrice. L'ensemble du service, une bande de filles, s'était regroupé autour de l'écran incrusté dans l'une des bibliothèques, bouche bée, les pupilles déformées par l'horreur et l'impuissance. Puis on était toutes parties appeler nos chéris pour partager le choc, vérifier nos vies, sentir qu'on n'était pas seules. Toutes sauf moi. Je n'avais pas téléphoné à ton père. J'étais restée plantée devant mon ordinateur, statufiée. Crise de panique ou de claustrophobie. Les Twin Towers. Un duo désagrégé par la folie du monde. Les jours suivants, beaucoup de gens avaient remis en question leurs choix. Autour de moi, des copains avaient interrogé leurs ambitions, des couples s'étaient rapprochés, d'autres s'étaient éloignés, pressés de ne plus faire semblant. Le temps était compté si tout pouvait se décomposer à chaque instant. Le soir même, j'avais suggéré à ton père de partir vivre à l'étranger.

On avait été heureux au Congo pendant son service militaire six ans auparavant. J'y avais découvert une autre façon de respirer et lui proposais de renouveler l'expérience. En Afrique de l'Ouest ou ailleurs, dans un pays pas trop civilisé si possible. Sans habitude sans statut sans cadre, nous remettre en question et en mouvement. T'offrir une enfance singulière. Mais il avait gentiment moqué mon inconscience, on est des parents maintenant, on ne peut pas faire n'importe quoi. J'avais argumenté en tentant de contrôler l'étau qui me comprimait le ventre. Pourquoi ne pas déposer d'autres cultures à tes pieds ? Et profiter de notre jeunesse. On n'avait pas trente ans et déjà une vie de vieux. Je crevais d'envie de partir à l'aventure avec toi, pieds secs et nus, mains traînant dans la poussière et l'inconnu. Développer tes capacités d'adaptation et ton imagination. Comme quand j'étais gosse, croire que tout était possible. Mais pas ton père. Lui, quand il était petit, il voulait gagner de l'argent et plier l'univers tchic tchac à ses désirs. Grimper les marches de la hiérarchie sociale et professionnelle. Fonder et protéger sa tribu. Et vivre doux tranquille en ne manquant de rien. On n'avait pas réussi à s'accorder et, sur l'oreiller, nos bouches ce soir-là ne s'étaient pas embrassées.

Tandis que je dirige ta poussette vers notre appartement, je fixe les passants qui nous croisent d'un pas pressé, les couples, les familles. Des nuages filent droit et bas devant nous et j'essaie de ne penser à rien. Mais dans ton dos, mes yeux continuent de se remplir comme deux lacs d'eau trouble. Tout à l'heure, ma directrice a présenté à ma place un projet que je préparais depuis des mois et je ne l'ai pas supporté. Comme un fusible, j'ai disjoncté. Assise à la grande table de réunion, entourée d'une douzaine d'importants au costume noir et au visage blanc, je me suis efforcée de garder le silence mais j'ai distinctement senti mon corps exploser. Ma poitrine mes certitudes mes illusions. Tout ce à quoi je me raccrochais. Ça s'est désagrégé d'un coup. J'ai continué d'écraser mon stylo en l'écoutant dérouler les propositions que j'avais échafaudées pendant qu'un gouffre achevait de se creuser en moi. J'ai serré les mâchoires, ravalé mes larmes, et dès que la réunion a été terminée, je me suis précipitée dans le bureau rouge où j'avais scruté en boucle les images des deux tours qui s'écroulaient. Je me suis assise sur un fauteuil face à elle, entourée d'étagères de livres qui dégueulaient de vies choisies, et la voix nouée gonflée étranglée, je lui ai annoncé que je démissionnais. C'est sorti tout seul. Sans l'avoir décidé en entrant dans la pièce. Le seul moyen de relâcher la pression qui m'étouffait. Devant ma mâchoire tendue sous mon visage mouillé, la directrice a joué les étonnées, qu'est-ce que tu as, puis les condescendantes, c'est le monde de l'entreprise tu apprendras, mais je ne l'ai pas écoutée. Une heure après, j'ai avancé ma lettre de démission près de sa tasse mordue de rouge à lèvres, et je me suis jetée dans le métro pour te retrouver.

La nuit est sur le point d'avaler les toits des immeubles voisins lorsque les chaussures en cuir ciré de ton père, forme anglaise grande marque, franchissent le seuil de l'appartement ce soir-là. Tu rêves déjà dans ton lit-parapluie à l'étage et je suis à la cuisine en train de remplir d'eau une casserole pour nous préparer des pâtes. Ton père balance son cartable au pied du portemanteau avant de venir m'embrasser. En moi, un magma d'émotions bouillonne encore, tête à l'endroit tête à l'envers nuque raide, mais je lui rends son baiser comme si de rien n'était. Est-ce que j'ai passé une bonne journée ? Je ne réponds pas. Il attrape une bouteille de vin dans le placard au-dessus de moi et la débouchonne. Est-ce que je veux un verre ? Je n'arrive toujours pas à desserrer les dents. Je fais à peine un vague signe du menton. Au bout de la troisième question sans réaction, il s'inquiète et vient vers moi qui me débats nerveusement avec un pot de sauce tomate. Il me le prend des mains et ouvre le couvercle d'un geste évident. Puis il me le tend en me scrutant. Ça ne va pas ? Non.

D'une traite, je lui raconte ma démission, ras-le-bol, tous des connards. Jusqu'à ce que ma bouche s'emplisse d'une autre rage, d'une autre frustration, d'un autre manque, rebondissant malgré moi sur l'incident du bureau comme sur un trampoline. Ça ne va pas, non, je veux qu'on se sépare. Sans prévenir, ma vérité recroquevillée depuis des mois se déplie soudain dans l'air. Je lui explique que je n'en peux plus. Je lui explique que je m'éteins à petit feu. Décomposée. Vidée. Plus goût à rien. Je lui explique que j'ai envie de voyager sur la crête du monde, créer d'une manière ou d'une autre, avoir une vie différente. Écouter mes désirs et pas seulement les siens. Ne plus m'oublier. Je ne me rends pas compte que je me sers d'une colère pour en exprimer une autre, aller jusqu'au bout, ne pas faillir devant le grand saut. Il repose aussitôt son verre et s'appuie, interloqué, contre le réfrigérateur. Face à lui, je suis presque aussi désarmée. Qu'est-ce que j'ai dit ? Mais il me faut moins d'une seconde pour me sentir soulagée. J'ai beau éprouver la déchirure, le gâchis, le chaos, la culpabilité de t'enlever une famille unie, ton père au quotidien, je sens que ce que je viens de dire est juste. Mon chemin.

Comment les choses s'enchaînent les jours d'après, je ne sais plus. Des heures de discussions dans la cuisine, le salon, la chambre, la salle de bains. Des nuits sans sommeil. Mon corps engourdi dans le canapé-lit alors que ton père se tourne et se retourne sous notre couette à l'étage. La peur. Le vertige. La tristesse. Mais aussi la promesse d'un nouveau monde, une drôle d'excitation. Tandis que ton père ne se résout pas, n'ayant jamais imaginé que je puisse le quitter, poursuivre mes enfantillages ailleurs, je me mets à chercher un appartement.

Tu as un an et huit mois et des parents bientôt divorcés.

9

Le yaourt dégouline sur tes doigts. Tu es assis sur mes genoux et ton poing serre la cuillère que tu trempes maladroitement dans le pot avant de la porter à ta bouche, pantin désordonné. Ce sont nos premières vacances depuis qu'on vit seuls, toi et moi, et je t'ai emmené fêter tes deux ans dans la maison de ta grand-mère dans les Pyrénées. Un village de cent vingt-cinq habitants en plein hiver. Trois bergers, des moutons, des vaches, des sangliers, des chevaux, des lapins, un coq, des poules. Ta grand-mère a acheté cette ancienne étable il y a dix ans une poignée de francs et a terminé ce mois-ci les travaux en les payant pour la première fois en euros. Le monde change mais pas elle, qui continue de rêver à une vie simple avec son mari. Heureuse de nous avoir près d'elle, elle ne cesse de nous photographier et de cuisiner magret de canard, omelette aux girolles, veau aux morilles, pâtes aux crevettes, saint-jacques aux poireaux, poivrons rôtis. Je finis chaque repas le ventre gonflé de nourriture et de regrets, je n'aurais pas dû me resservir, tandis que tu cours autour de la large table en chêne en jouant avec le boxer bringé, doux cerbère qui te chaperonne à mes côtés. Je ne te quitte pas des yeux. Que suis-je en train de faire ?

Sur cette image, on en est au dessert. La télévision est allumée et le président Jacques Chirac explique pourquoi il faut le réélire en avril prochain face à Lionel Jospin, sans savoir que celui-ci appellera à voter pour lui pour contrer Jean-Marie Le Pen au second tour. Je me souviens m'être dit que ma carte électorale arrivait toujours chez ta grand-mère et qu'il serait peut-être temps de changer mon adresse pour faire entendre ma voix d'adulte aux élections. Tandis que je te regarde te battre avec la cuillère, ton grand-père imite le ton nasillard du futur président. Tu ris en dodelinant de la tête comme un chien en plastique à l'arrière d'une voiture. Tu as les cheveux coupés très court, presque rasés, un pull en laine kaki orné du visage de Tintin que t'a tricoté une voisine, un pantalon en velours trop grand et toute ton attention tournée vers ce bout de métal arrondi de crème que tu cherches à enfourner entre tes lèvres ourlées de gourmandise. J'ai ma tignasse en bataille, une mèche blond foncé mal peignée qui rebique sur le haut du crâne et un gilet avec un cerf sur le sein droit. C'est ta grand-mère qui l'a retrouvé au fond d'un placard et me l'a tendu sans scrupules quand je lui ai confié tout à l'heure que j'avais froid. Ce qui est curieux, c'est qu'avec mes joues rondes, pommettes hautes peau lisse, j'ai l'air d'être ta sœur. J'ai l'air d'avoir quinze ans et de jouer à la poupée. Ça fait six mois que j'ai abandonné ton père, le navire, l'appartement qu'on avait acheté ensemble. Six mois que je m'évertue à reprendre mes marques, pieds, vie. Repartir de zéro. Ou presque. J'ai vingt-huit ans et tu es là.

Après avoir essayé de me raisonner, ton père a jeté l'éponge. Puisque je voulais le quitter, il m'a demandé d'agir vite. Plus question de croiser chaque jour le visage froissé de son échec. Alors, comme un boxeur coincé entre les cordes, je me suis extraite du ring. Du jour au lendemain, je suis partie. Sans me retourner. Les premiers jours, je t'ai laissé à ton père. J'avais besoin de vider les cartons, pleurer meubler paniquer, m'interroger la nuit le jour sur ce que j'étais en train de fabriquer. Puis on a décidé de t'élever trois jours chez l'un, deux jours chez l'autre, rythme rapidement remplacé par sept jours alternés, et j'ai commencé à envisager un lendemain, des soirées, des matins. Seule avec toi, un autre quotidien.

Un peu de crème te coule sur le menton. J'essaie de diriger la cuillère dans ta main, mais tu résistes. Ton poing se crispe sur le manche que tu plonges en zigzaguant vers ta bouche ouverte, langue au chat, cherchant déjà à te débrouiller sans mon aide. Derrière nous, les flammes crépitent dans la cheminée encastrée de vieilles ardoises. Des braises ricochent à nos pieds. Ta grand-mère se précipite pour redresser le pare-feu. Depuis qu'on est arrivés chez elle, elle a plusieurs fois perdu ses couleurs en te voyant t'approcher du foyer cerné par deux chenets pointus ou marcher en équilibre sur le muret sans que je fasse un pas pour t'en empêcher. Plusieurs fois grincé des dents tandis que tu descendais pas à pas les marches instables des escaliers ou que tu te rendais seul chez les voisins. Tu es en pleine conquête de ton autonomie et j'essaie de ne pas épouser ses craintes. Sans ton père sans personne, je découvre le vertige et le plaisir et la fierté de t'accompagner. Me faire confiance.

C'est pareil dans notre nouvel appartement à Paris. Un trois pièces construit en étoile, niché dans une rue perpendiculaire à celle où vit ton père, que j'ai visité quinze jours à peine après lui avoir annoncé mon départ, abrégeons nos souffrances, et que j'ai loué dans la foulée. Tu as une chambre tapissée de pages arrachées d'un vieux Picsou, un lit-parapluie à carreaux écossais qu'on m'a prêté, des jouets neufs, et j'apprends à être seule responsable de ton univers. J'apprends à nous inventer des repères et des habitudes qui ne ressemblent qu'à nous. Tu prends ton bain avec une dizaine de canards en plastique, tandis que j'écris, assise sur le carrelage. Tu converses avec ton ours préféré, couché sur ton tapis de jeux au pied du réfrigérateur, pendant que je prépare le repas. Attablé face à ton assiette dans notre minuscule cuisine ou allongé sur mon lit-canapé dans le salon, tu me racontes un tas d'histoires que j'écoute sans respirer, cherchant à décoder le dedans des mots que tu glisses dans la bouche de tes peluches. Penses-tu que notre déménagement est réversible et qu'on sera à nouveau réunis tous les trois sous le même toit ? Le soir, tu regardes seul les albums de Franklin la tortue pendant que je fais la vaisselle ou m'absorbe dans le journal télévisé. Je me souviens avoir essayé de te lire des livres, mais tu m'interrompais sans cesse, voulant que je répète ou que je digresse, et je te laisse désormais te débrouiller. À l'heure du coucher, je t'embrasse une deux trois quatre fois, souhaitant la bonne nuit à l'oreiller et à la fenêtre et à la porte, avant d'éteindre la lumière. Tes jambes moulées dans ton pyjama éponge commencent par trépigner sur le matelas. Ta voix cristalline m'appelle un moment, réclamant ma présence, maman encore un bisou, puis acceptant mon absence. Tu alignes désormais des mots d'un ton péremptoire, tu dis je, et tu apprends à ne plus redouter que je ne revienne pas après ton sommeil. Notre séparation continue de s'opérer.

Après le déjeuner ce jour-là, je t'emmitoufle dans ta doudoune rouge, t'enfile tes bottes en caoutchouc, et t'emmène malgré la pluie fine te promener dans la montagne. Regarder le ciel gris à travers les peupliers aux feuilles grignotées par les vers. Marcher dans les flaques sur le chemin qui conduit au hameau voisin. Compter les têtards et les grenouilles dans le lavoir de pierre. Tu vas te mouiller, glisser dans la boue, tacher tes habits, et qu'est-ce que ça peut faire. On s'arrête donner du pain dur aux sangliers dans le pré en contrebas du village et tu te précipites vers eux. Ils couinent en se bousculant pour sortir de leur enclos, grognant en patinant dans la gadoue épaisse. Tu adores ça. Tu recules et serres ma main, déposant en son creux ta peur hilare, puis tu la lâches et reviens vers eux comme un conquistador. Tandis que tu leur tends ton trésor à travers la barrière, je te scrute. Tu ne sembles pas angoissé. Tu n'as pas de cauchemars. Des gouttes d'eau me piquent le visage et je tente de me convaincre que je ne suis pas en train de faire n'importe quoi comme mon entourage le martèle ces derniers mois. Ton fils est trop jeune pour que tu divorces, me dit l'un. Il ne faut pas que tu démissionnes, renchérit l'autre. Tu ne peux pas te retrouver au chômage au moment où tu quittes ton mari, ajoute une ancienne collègue. Tu penses sérieusement à changer de métier alors que tu vas élever ton enfant à Paris sans son père, sans demander de pension alimentaire, et avec sa grand-mère dans le sud-ouest de la France ? me questionne une amie. Même ton arrière-grand-mère, pourtant farouchement libre, me met en garde. Tu ne peux pas quitter cet homme si gentil si stable, s'emporte-t-elle en faisant claquer ses intonations de matriarche. Tu ne peux pas priver ton fils d'une famille. Si tu ne réintègres pas ton foyer, je te déshérite.

Alors que tu t'agenouilles sur la terre humide à quelques centimètres du groin rose tacheté marron du marcassin, je me demande quand même si j'ai eu raison d'opter pour la garde alternée. Une semaine sur deux, le tiers séparateur n'est désormais plus seulement ton père mais le temps. Les jours qu'on ne vit pas ensemble sculptent ton goût de l'indépendance mais cisaillent encore notre lien. Fusion. Défusion. Les séparations sont-elles devenues si banales que je ne vois pas les larmes qui brouilleront plus tard certains de tes regards ? T'es-tu senti quitté toi aussi, oublié trahi, lorsque j'ai décidé de disparaître de la moitié de ton quotidien ? Je sais à quel point l'absence d'amour masculin marque un enfant au fer rouge, le trou dans la poitrine, le déséquilibre dans les jambes, la maladresse dans les émotions et les relations. C'est pour ça que j'ai voulu que tu te façonnes à égalité avec chacun de tes parents. Les repas, les questions, le bain, les devoirs, le pédiatre, les chagrins, je souhaitais que tu les expérimentes avec chacun de nous.

Deux modèles, deux sexes, ça ne se discute pas. Et au diable les détracteurs qui prônent le lien prétendument supérieur avec la mère, la sécurisation des bébés, une seule maison avant six ans. Je ne suis pas d'accord. Mais c'est peut-être aussi parce que je me sens étrangère à la confiance parentale dont fait preuve ton père depuis que tu es né. Moi, j'hésite, je tâtonne, j'angoisse, je rate. Est-ce que je me serais affirmée différemment si j'avais exigé de te garder à temps plein les premières années ? Est-ce que tu te serais mieux construit ? Est-ce que notre lien se serait dénoué autrement ? Mais est-ce que tu serais devenu cet homme que tu es aujourd'hui ?

Depuis que j'ai disparu de sa vue, ton père n'en est pas moins effondré. Il ne dort plus. Ne se rend plus à son bureau selon ses amis. Passe ses journées dans sa voiture, flottant et hébété, en attendant l'heure de te récupérer. Plus rien ne compte sauf toi, sa mission, son bébé. Inquiet, il prend même rendez-vous chez une psy, lui qui les déteste, pour aligner nos mots de travers. Surtout, ne pas te traumatiser. Il veut te protéger. En s'occupant de toi, se sauver lui-même. On t'emmène donc une fois par semaine dans le cabinet d'une grande brune aux yeux verts, jolie mais distante, qui nous rappelle qu'un enfant a besoin de savoir qu'il est le fruit de l'amour de son père et de sa mère, qu'il ne conçoit qu'ensemble puisque c'est comme ça qu'il s'est bâti, et qu'il faut le rassurer. Elle nous encourage à te répéter qu'on t'aime et que notre divorce ne changera rien. Tu vas juste avoir deux maisons, deux chambres, deux lits. Sauf que je n'y crois pas une minute. Tout est en train de changer. Ton père. Moi. C'est même pour changer que je suis partie et c'est ce que j'aimerais te dire avec des mots simples et doux. Mais la psy n'est pas de cet avis. Lorsque je m'assois face à elle, derrière son bureau extra-large, pour essayer d'exprimer mon point de vue pendant que tu finis de tracer un arbre ou une maison commencés sans moi dans le secret de son cabinet une demi-heure plus tôt, elle me scrute et je vacille. Entre ses silences, l'impression qu'elle me juge. Mal. M'intimant une maternalité, mère poule cage dorée enfant mouton, dont je ne veux pas.

Le ciel a perdu sa lumière quand on décide de rentrer. Tu as de la morve qui te glisse en ruisseau sous le nez, les joues tomate et les dents qui claquent. Tu te retournes une dernière fois vers les sangliers pour leur dire au revoir avant de remonter la colline jusqu'à la route. Tu as envie que je te porte, mais je refuse. Marche, petit soldat. Marche. Tu insistes jusqu'à ce que le hululement d'une chouette te distraie et que je te montre comment imiter son cri avec mes paumes jointes autour de la bouche. Mais alors que je t'aide à placer tes doigts dessus dessous, je découvre qu'ils sont brûlants. Tu as de la fièvre. Les yeux comme deux flaques. Je me trouble. Je n'aurais pas dû t'emmener dehors par ce temps. Tandis qu'on revient sur nos pas, tu éternues. Tu es fatigué. Tu pleures. Je te soulève dans mes bras et me presse. Dans la maison, tes grands-parents ne sont pas là et j'ai un instant de panique, la tête encombrée de flèches contradictoires. Que faire ? Te donner un bain pour réduire la température de ton corps ? Appeler un médecin ? Je dilue un morceau de doliprane dans l'eau de ton biberon avant de te coucher sous une pile de couvertures. Tu fermes aussitôt les yeux. Dors mon loir. Oublie le soldat. Tu te réveilles le visage éclairé de soleil le lendemain, beau temps, plus un nuage, mais je ne peux éviter de m'angoisser. Et si je ne savais pas être ta mère sans ton père ?

10

On dit que les enfants ne se souviennent de rien avant leurs trois ans. Et d'à peine quelques sensations avant leurs six ans. Te souviens-tu de nos adieux et de nos retrouvailles tous les dimanches soir cette année-là ? De mes disparitions une semaine sur deux que j'allonge parfois de quelques jours supplémentaires en te laissant à ton père pour voyager ?

Tu as deux ans et quatre mois et je rentre d'un séjour au Pérou lorsque je te fixe sur cette image, en pyjama de coton blanc finement rayé, trépignant sur la pointe des orteils dans ton lit-parapluie. Ton père t'a raccompagné un moment plus tôt. Derrière la porte, tes semelles en caoutchouc ont écrasé le paillasson et tes poings ont cogné jusqu'à ce que j'ouvre. Maman. De l'autre côté du mur, les deux syllabes magiques ont résonné en même temps que la sonnette. Contre le bois, des frottements comme si tu caressais une lampe pour en faire jaillir un génie. Maman. J'ai ouvert et tu t'es jeté sur moi. Aussitôt, on a refusionné. Comme après chaque séparation, le temps est élastique pour les enfants de ton âge, on s'est reniflés respirés réappropriés pendant que ton père égrenait des paroles que je n'écoutais pas. Sa voix venait du haut, du monde des adultes, quand je faisais bloc avec toi, accroupie dans ton horizon d'enfant. Comme après chaque séparation, après l'étrangeté de m'être tenue debout loin de toi, je retrouve ton corps tiède et le berceau de nos gestes.

Quinze jours auparavant, je suis partie sans toi. Pour la première fois, je n'ai pas assumé ma semaine de maman. J'ai démissionné et, avant de prendre un poste à responsabilité et à congés payés, décision combattue puis actée, j'ai choisi d'aller à Lima rendre visite à un aventurier rencontré dans un bar parisien. À l'aéroport, sur une impulsion que je ne m'explique toujours pas, j'ai acheté un appareil photo reflex pour remplacer le boîtier compact qui me suit depuis des années. Sur place, je découvre que mon nouvel ami projette de créer un site touristique, et mon séjour se transforme à ses côtés en travaux pratiques, comparant nos réglages et nos ratés au gré de nos clichés. Seule ou avec lui, j'escalade le sentier dentelé de pierres menant aux ruines du Machu Picchu en convoquant les esprits incas. Je dors gelée dans un hôtel délabré à Cuzco, emmitouflée dans des pulls en laine de lama achetés sur un terrain vague à une vieille femme au regard corbeau. J'explore les rives du lac Titicaca après avoir roulé des heures, collée contre des cages à poule dans des bus locaux, descendant régulièrement pour me dégourdir les jambes et avaler une soupe indéterminée dans l'une des gargotes qui bordent la route. Ce n'est pas la destination qui importe, on le sait. Six mois plus tard, je t'abandonnerai à nouveau deux semaines et m'envolerai seule à Rio où Lula vient d'être élu président, continuant d'étudier le collier des possibles suspendu à mon cou. Cette fois, j'apprendrai des rudiments de portugais. Je photographierai la favela où a été tourné le film *La Cité de Dieu*. J'admirerai le Corcovado en buvant de la cachaça traversée de reflets de pierre et écoutant Gilberto Gil. Je retrouverai le temps d'un week-end un autre copain de copain dont j'ai oublié le nom mais pas la belle maison caressée par l'océan à Ilha Grande. Je monterai pour la première fois sur une planche de surf sur la plage de Copacabana. Loin de toi, je continuerai de me construire.

Tu piétines ton matelas pour que je te prenne dans mes bras, tandis que je braque mon appareil dans ta direction. Sur les étagères à gauche de ton lit, on voit la flûte de pan et le lama en peluche surmonté d'un guérillero que je viens de t'offrir. Te souviens-tu des odeurs de terre rouge et de poussière chaude qui s'échappent ce jour-là de ma valise ouverte ? Des tirages de photos d'enfants au regard éclairé d'ailleurs qui jonchent le parquet et orneront bientôt les murs de notre salon ? Lorsque je commence à voyager pendant toute cette période, je suis dans un état second. Élan de vie, recherche d'apprentissages, besoin de fuir la routine, les conventions, le passé, mais aussi nécessité de m'inventer un nouveau rythme sans toi. Les longues heures d'avion m'aident à retirer mes habits de mère célibataire. Entre les nuages, bobines de ciel en suspension, je redeviens une femme sans enfant sans homme. Lorsque je te téléphone chaque jour ou presque, jonglant avec les décalages horaires et les réseaux désertés, les rebonds roses de ta voix sucrée ne me culpabilisent pas. Mais là encore, j'ai l'impression d'avoir suivi le chemin inverse de la plupart des mères qui ne supportent pas de se séparer de leur enfant en bas âge et vont apprendre avec le temps. Moi, c'est plus tard que j'expérimenterai cette douleur, ce ventre vide que rien n'apaisera.

Sur le rebord du lit-parapluie, tes mains s'agitent comme deux araignées tandis que tu te dandines vers moi pour que je te prenne dans mes bras. Maman. J'éteins la lumière et t'oblige à te coucher, avant de m'éloigner dans le salon. Maman. Je ne reviens pas sur mes pas, même si je ne suis plus autant à cheval sur les horaires qu'on l'était avec ton père. Depuis qu'on vit seuls, toi et moi, je continue d'explorer ma capacité à décider sans lui, pouvoir minuscule. Les pâtes ketchup au dîner et tant pis s'il n'y a pas des légumes à chaque repas. Les vêtements colorés, adieu le bleu marine, et qu'importe si tu as parfois deux chaussettes différentes. Cet hiver-là, je n'ai pas toujours l'énergie de t'emmener au parc ou au cinéma voir *Astérix et Obélix : Mission Cléopâtre* et on passe nos week-ends blottis l'un contre l'autre dans mon lit-canapé à regarder des films. Tous les Walt Disney défilent. Et les Pixar. Je sens ta chaleur, ton odeur, nos deux corps dans le même cocon, paradis invisible, et j'en profite, grappillant quelques heures de sommeil lorsque je suis sortie la veille. Le matin, je crée un rituel. Je te réveille en chantant. Debout les gars, réveillez-vous, il va falloir en mettre un coup. Debout les gars, réveillez-vous, on va au bout du monde. Ailleurs, d'autres mamans et leurs enfants ont leur musique, leur mantra, leurs gestes tendres, petits ponts rassurants. Nous, on a cette chanson. Mon secret espoir de te voir voyager à ton tour, ouvert et curieux plus tard.

Tu finis par t'endormir et je reste longtemps, assise sur mon canapé, à écouter la fanfare de questions qui m'assourdit cette année-là. Est-ce que tu vas bien ? Est-ce que tu es triste ? Avec la garde alternée, tu expérimentes tour à tour l'attachement et le détachement, apprenant à te séparer de moi un peu plus vite que tes copains qui vivent avec leurs deux parents, et j'ai peur que notre lien s'effiloche. Vas-tu réussir à t'élever dans ces vagues de présences et d'absences ? Mais d'autres interrogations se télescopent. Quel sera mon prochain voyage ? Vais-je m'épanouir dans ce nouveau job ? Est-ce que j'aimerai bientôt un autre homme ? Toutes convergent vers ce futur qu'on va désormais construire ensemble, toi et moi.

11

Tes mains encerclent mes poignets. Tu es allongé dans l'eau avec ton short de bain bordeaux, menton relevé, bouche crispée, brassards bleus gonflés à bloc autour de tes maigres épaules, tandis que je te tiens par les hanches. Plantée sur mes deux jambes qui s'enfoncent dans la mer à mi-cuisses, je te pousse devant moi. Nage, mon poisson. Nage. Mais tu grimaces. Tu ne sembles pas rassuré. Tes bras ne sont pas jetés vers l'avant, pliés dépliés, mais tétanisés, accrochés à moi. Tu as peur de te mouiller la tête et de boire la tasse. Pire, tu as peur que je te lâche. Le visage figé, des gouttes salées qui te rongent les yeux, tu as peur de couler tout au fond de la mer sombre, maternité cruelle, si je t'abandonne.

On est en vacances en Grèce depuis une semaine lorsqu'on nous photographie ce jour-là. Je ne sais plus qui est derrière l'objectif, sans doute un touriste rencontré sur place, on s'en attache à chaque fois. Qu'a-t-il aperçu qui lui a donné envie d'arrêter le temps ? Un enfant jouant avec sa mère ? Un enfant gesticulant entre les bras de sa mère qui l'encourage, les lèvres arrondies d'allez et de bravos ?

Respectant ton rythme pour ne pas te brusquer, j'essaie de faire ce que font tous les parents responsables. Tu as trois ans et demi et je t'incite à battre doucement des pieds et des mains pour apprivoiser l'eau. T'en faire une alliée. Je t'exhorte à me faire confiance. Te faire confiance. Même si tu ne sauras nager que trois ans plus tard. T'aider à flotter seul, c'est t'obliger à quitter mes bras pour ne compter que sur les tiens. Nage, mon poisson. Nage. Une seconde après que l'obturateur nous a figés, je te soutiens quelques centimètres au-dessus de la surface pour que les vagues ne t'avalent pas et tu esquisses un sourire. Tu as compris que je ne te lâcherai pas de sitôt.

Avec mes cheveux récemment coupés au-dessous des épaules et mon buste hâlé tendu vers toi, ancrée dans ma légitimité de mère qui apprend et transmet, je crois que je commence à ressembler à celle que je veux devenir. Sur la photo, je porte pour la première fois ce maillot noir cousu de fleurs blanches en plastique que j'ai acheté aux Halles le mois dernier et qui me suivra cette année au Brésil et au Mexique, avant de nous accompagner toi et moi au Sénégal. Mon corps a minci depuis que je vis seule avec toi. Mes bras se sont musclés. Mes oreilles brillent de deux zirconiums assortis à celui qui illumine mon nombril depuis trois semaines, chatouillé par l'eau fraîche. Tu l'as remarqué, ébloui, et t'en amuses. Pourquoi ai-je percé mon corps ? Je me le demande aujourd'hui. Sans doute pour en reprendre possession. Marquer secrètement mon besoin de scintiller pour personne. Sur le moment, je ne le formule pas comme ça, bien sûr. C'est juste un pas de côté, un cri oublié d'adolescente. Mais ce que ce brillant dit de moi, c'est que je ne veux plus être la même sous le voile des apparences. Shéhérazade, sinon rien. Ce n'est qu'aujourd'hui que je remarque que c'est mon ventre que j'ai percé. La chair qui t'a donné la vie, mais aussi le cordon sectionné cicatrisé qui m'a détachée de ta grand-mère et transformée en être autonome. Moi aussi, j'ai besoin de me séparer de l'enfant que j'étais.

Au début de l'année, j'ai déchiré mon contrat à durée indéterminée et me suis envolée une deuxième fois au Brésil en te confiant à ton père. J'aspire à une vie singulière et malgré les injonctions tranchées de mon entourage, il faut de l'argent pour élever un enfant, je continue de me rêver en dehors des clous. Cette parenthèse m'a permis de croiser la route d'un nouvel ami, motard graphiste passionné d'aquarelle, et c'est avec lui que j'occupe mon temps quand tu n'es pas avec moi. C'est avec lui que j'arpente en long et en travers la capitale pour nourrir une envie d'images qui se déploie en marge des mots cette année-là. C'est avec lui que j'immortalise les manifestations contre la guerre en Irak qui martèlent la place de la Concorde après l'intervention de la coalition internationale, la cinquième technoparade, les foules de pigeons parsemées de touristes sur le parvis de Notre-Dame, les concerts des Solidays veillés de drag-queens dans le parc de Longchamp. Embarquée dans sa propre quête d'oxygène et son soutien confiant, tout est possible, il faut juste se lancer, c'est avec lui que j'envisage pour la première fois de gagner ma vie avec un appareil photo.

L'eau dessine des remous autour de nous, tandis que tu fixes l'horizon, les yeux à demi fermés par le sel et l'appréhension. Ton front se plisse et on distingue sur l'image le pansement vert anis coloré d'animaux qui double ton sourcil gauche. Un médecin te l'a collé trois jours auparavant, après que tu es tombé d'un toboggan. Entre la cicatrice que tu as déjà sur la paupière pour avoir percuté un banc en jouant avec un copain au centre de loisirs et celle qui te barre la tempe droite pour avoir cogné de plein fouet le robinet de la baignoire de ton père, ton visage ressemble de plus en plus à une carte routière. L'année prochaine, ce sera sur un long clou au bord d'une piscine africaine que tu marcheras. Et l'année suivante, en te balançant d'une chaise à l'école que tu t'ouvriras le crâne. Des marques et des souvenirs comme des blessures de guerre que tu prendras bientôt l'habitude d'énumérer avec un genre de fierté, ton tableau du mérite, quand j'y verrai surtout le temps qui passe et mon incapacité à te protéger.

Tu t'accroches à moi et je te hisse à ma hauteur. Soulagé, tu me demandes ce qu'il y a sous l'eau. Est-ce que les algues mordent ? Comment font les coquillages pour respirer ? Tu as trois ans et demi et une curiosité mitraillette. Tes questions ne me laissent pas une minute. Je t'invite à compter les bouées une deux trois, mais une vague m'interrompt et te fait boire la tasse. Tu craches aussitôt. Tu tousses. Tu t'agrippes à moi. Des frissons bleuissent ta peau par endroits. Tu grelottes et je finis par te porter dans mes bras jusqu'à nos affaires étalées dans un coin de la plage. Au-dessus du sable tiède, tu oublies ta peur et tes pieds gigotent en apercevant des enfants qui jouent. Avant que tu ne te précipites vers eux, je t'enlève tes brassards et t'enroule dans une serviette pour te sécher, tandis qu'un vendeur de souvenirs s'approche. Je te propose aussitôt d'acheter une carte postale pour ton père mais tu refuses. Tu t'es habitué à être une semaine chez moi et une semaine chez lui, séparé de nous la moitié du temps. C'est d'ailleurs à cette époque que tu formules pour la première fois ton désir de ne pas mélanger tes vies, glisser de l'une à l'autre comme dans deux mondes hermétiques. Lorsque ton père te téléphone, tu lui parles peu, articulant des oui et des non mouillés de soupirs, avant de murmurer qu'il te dérange. Tu me tends alors l'appareil pour que je raccroche et je ne peux m'empêcher d'être désolée pour lui. Je sais ce qu'il ressent. Je le sais car tu agis de la même façon lorsque tu es avec lui. Tu nous imposes ton rythme. À nous de respecter tes besoins qui s'affirment à l'encontre des nôtres. Maman n'existe pas dans ta vie avec papa. Papa n'existe pas dans ta vie avec maman. À nous de ravaler notre manque de toi et d'accepter tes règles du jeu. C'est toi qui nous apprends à être des parents divorcés.

Les semaines où tu n'es pas avec moi, j'essaie de m'occuper. Remplir les creux et les vides. Je questionne mes désirs et rencontre des hommes. C'est nouveau. Je n'ai connu jusque-là que deux corps, celui de ton père et celui de mon amour de jeunesse, et je me fais l'effet d'assimiler une langue étrangère. J'enrichis mon vocabulaire sexuel et la grammaire de mes sensations. Je sors le soir dans des bars de Saint-Germain-des-Prés où je me crée des habitudes et des copains de comptoir. Je fréquente aussi un troquet minuscule de la rue Montorgueil qui accueille une population joyeuse et décalée. Un nez parfumeur qui porte large le manteau de fourrure. Un fabricant d'objets sinophile. Un aventurier décadré. Un sculpteur de cartes bleues. Un musicien plasticien surréaliste. Un Américain fan de Barbara. Tous me donnent l'impression d'être issus d'une autre planète, galaxie gravitant à des années-lumière de celle dans laquelle je m'ébattais jusque-là. Tous ont d'autres mots, d'autres quêtes, d'autres rires. Tous me déconcertent et m'électrisent. Certains d'entre eux me plaisent parfois un peu plus que d'autres, me faisant battre le cœur d'un possible, mais mon présent en construction, pâte à modeler, empêche tout lendemain. Au lieu de me pendre à leur cou, je passe mes week-ends à écrire, à photographier, et à me bricoler la culture qui me manque. Je traîne dans les cinémas indépendants. Je découvre Gus Van Sant qui décroche la Palme d'or cette année-là, mais aussi Truffaut, Godard, Rohmer, Antonioni, Rossellini, Saura, Breillat, Cavalier, Clark, Kaurismäki, Ki-duk, Anderson. Je lis les écrivains américains, anglais, espagnols, portugais, suédois, japonais, chinois. Dans les vidéoclubs, dans les conférences-débats, dans les soirées déjantées, dans les bars rocks, dans les bras d'inconnus, dans les avions, dans les trains, dans les pays lointains, partout où je n'allais pas auparavant, je me cherche. Et une semaine sur deux, en me séparant de toi, je me découvre lentement.

Je n'ai pas le temps de te tartiner de crème que tu t'échappes quelques minutes plus tard. Je dois insister, forcer la voix autoritaire que je n'ai jamais eue, pour que tu reviennes t'asseoir. À contrecœur, tu me laisses te napper de blanc pour tenir les rayons à distance. C'est une habitude que je prends mais que je n'avais pas. Je n'ai pas été élevée dans la défiance du soleil, ayant une peau mate et une mère qui ne le craignait pas. Mais c'était aussi une époque. Désormais, seule à te protéger, je m'applique. Avant de te laisser filer vers les enfants et leur château de sable. Car ce qui t'intéresse à cette période, ce n'est plus moi mais les autres. À trois ans et demi, tu n'as plus peur d'eux, de la compétition, qu'ils m'éloignent de toi. Tu as juste envie de jouer et d'explorer. Tu dialogues. Tu proposes. Tu t'affirmes. Dans quelques mois, tu rentreras à l'école maternelle pour poursuivre ton apprentissage. Les jours, les mots, les mois, les chiffres, les saisons. Les collages et les chansons. La collectivité, les temps de goûter et de cantine, les ateliers de peinture et les séances de ballons. À la différence d'autres enfants, tu ne pleureras pas. Tu quitteras le monde des bébés pour entrer dans celui des grands sans t'accrocher à mes bras. Sans me retenir. Ce sera peut-être ce jour-là le vrai début de notre séparation. Ce nouvel univers que tu vas parcourir sans moi.

Un lieu où je n'existe pas.

12

Dans les rites, la renaissance est mise en scène après une mort symbolique. On meurt pour naître à une nouvelle vie. On touche le fond, les sols invisibles qui nous enterrent, avant de retrouver un élan, un chemin, du sens. Tu vis en garde alternée depuis plus de deux ans quand le divorce est enfin prononcé. Ta grand-mère maternelle est venue nous rendre visite à Paris avec sa meilleure amie qui m'a vue grandir et c'est cette dernière qui nous immortalise tous les trois devant ma bibliothèque une semaine plus tard. Que se passe-t-il en toi, funambule sur le fil de l'après, tandis que je blottis mon visage près de vos deux sourires ?

Hors champ, sur le bureau qui prolonge les étagères de livres, traîne le courrier qui m'a annoncé la nouvelle. Ton père et moi sommes officiellement séparés. Cela a été lent et violent, danse morose. Pas seulement à cause de nos oppositions électriques, mais en raison des procédures administratives. Aujourd'hui, il paraît qu'on peut divorcer en un mois. Quelle rapidité. On peut désormais se quitter comme on se rencontre, en un regard, une poignée de mots, à peine quelques nuits blanches. Chose étrange, on intègre maintenant l'enfant aux échanges. S'il a fêté ses sept ans, il doit prendre parti à l'accord et signer un formulaire. Je ne sais pas si on se blesse moins ainsi, mais je suis heureuse que tes quatre ans et un mois t'aient empêché de saisir le stylo.

L'image te surprend assis sur mes genoux. Tu portes un tee-shirt blanc qui tranche avec ma chemise rouge cerise et ta grand-mère un débardeur noir échancré sur sa peau bronzée. Tandis que nous fixons toutes les deux l'objectif, visages copiés collés, yeux nez bouches mentons, tu t'amuses avec un feutre, sans soupçonner ce qui s'est conclu. Le divorce de tes parents. Je vais avoir trente ans et me voilà définitivement rendue à moi-même. Ou presque. Car j'ai gardé le nom de ton père. Détail non négociable. Je veux continuer à m'appeler comme toi.

C'est que mon étiquette de jeune fille ne signifie plus rien depuis que ta grand-mère l'a laissé choir lors de son mariage. Plus rien depuis que je sais que ton arrière-grand-père me l'a transmise, détournée de son sang. Devant ce vide, j'ai besoin de me lier irréfutablement à quelqu'un. J'ai besoin d'avoir le même nom que toi. Pas question de devoir montrer patte blanche à chaque fois qu'on voyagera, je suis ta mère, livret de famille et autorisation de sortie de territoire à l'appui. Ce qui est curieux, c'est que je remarque seulement aujourd'hui que c'est comme si j'avais décidé de prendre ton nom. Est-ce à ce moment-là que j'ai cessé de rencontrer des hommes ? Je ne m'en souviens pas, mais ce qui est sûr, c'est que ce nom est aussi un lien à ton père que je ne dénoue pas. Toi, lui et moi. Nos trois prénoms abrités pour toujours sous un même toit de lettres.

Tandis que la lumière du jour ricoche sur la bibliothèque, tu t'es installé sur la table du salon pour dessiner. Le front creusé de sillons, terre en friche, tu traces une grosse boucle puis une plus petite sur laquelle tu plaques deux taches pour les yeux et un trait maladroit pour la bouche. L'ébauche d'un bonhomme apparaît sous tes doigts. Bientôt, au fur et à mesure de ton engouement pour le crayon, tu inventeras des formes de plus en plus évoluées jusqu'à te représenter, toi. J'ai conservé un certain nombre de tes croquis au fond d'une vieille valise en cuir, des paysages, des fleurs, des animaux, des bonshommes et des cabanes avec leurs lignes et leurs courbes. Et toi quelque part. Ton corps esquissé au milieu de celui des autres. Tu as désormais l'âge de formaliser ce que tu vis et je me demande comment tu vois ta famille à cette époque-là. Un adulte seul avec un enfant près d'une maison ? Deux maisons ? Deux adultes main dans la main, papa et maman à nouveau réunis ? Des inconnus qui ne sont pas nous ? Aucune idée. Tu tiens ton feutre presque comme un grand. Tu sais enlever ton pull et mettre tes chaussures sans lacets. Tu portes un intérêt grandissant aux autres et je sais de moins en moins ce que tu penses. Seule ton apparence, penché au-dessus de la feuille blanche posée sur la table du salon, le regard absorbé par la prochaine couleur que tu vas choisir, m'est accessible ce jour-là.

Le soir même, ta grand-mère repart et je te conduis chez ton père. Ensemble, un sac d'affaires suspendu à mon épaule, on reprend le chemin de notre ancien appartement. Rue après rue, on retrouve le quartier où on a habité tous les trois, les vitrines pim pam poum des magasins pour enfants, les pieds enracinés des marronniers où je cognais ton landau, le visage familier des commerçants qui ont vu mon ventre plein et rond. Mais la balade n'est pas anodine. Dans quelques minutes, on va se quitter pendant cinq semaines. C'est la première fois que je te laisse en dehors des vacances scolaires. Première fois que je t'abandonne si longtemps dans un quotidien où je ne suis pas. Même si j'ai une bonne raison. Moi aussi, je vais revoir mon père.

Pourquoi est-ce que je décide de ce moment pour partir à la rencontre de ton grand-père qui ne m'a pas reconnue à ma naissance, alcoolique anonyme côtoyé quelques heures jusque-là, même pas une journée entière, encore moins une nuit, je ne me l'explique pas. Peut-être parce que la sécurité est officiellement sortie de ma vie et qu'elle laisse un manque désormais impossible à cacher hop hop hop sous le tapis. Peut-être parce qu'après t'avoir enlevé ton père une semaine sur deux, je veux t'offrir un nouveau repère masculin, des épaules solides en cas de besoin. Mais peut-être que ce n'est rien de tout ça. Peut-être que c'est juste un mouvement naturel, savoir d'où l'on vient pour décider où l'on va.

Dans l'avion qui m'emporte à Wallis-et-Futuna, je n'en mène pas large. Que suis-je en train de faire ? Bizarrement, je ne pense pas encore à la rencontre, confrontation incongrue avec un homme fantôme, mais à toi. Vas-tu m'en vouloir à mon retour, détournant ton regard et tes bras pendant des jours pour me faire payer ma disparition ? Vas-tu demander chaque matin chaque soir où je suis ? Seras-tu plus tard heureux de connaître ton aïeul et de remonter le fil de tes origines ? Mais au bout de vingt-trois heures ponctuées de plateaux-repas et de transits à Los Angeles, Hong Kong et Nouméa, j'arrive à Wallis-et-Futuna et ton visage s'estompe. Malgré mon mariage, malgré toi, malgré mon divorce, je n'ai toujours pas grandi. Au-dessus de mon nombril percé, le cœur d'une fillette continue de battre. Ce que j'espère de ce voyage, je ne le sais pas lorsque je repère, tremblante et incertaine, les yeux bleus de ton grand-père au milieu de la foule locale qui s'agglutine à même le tarmac. De quelle lumière sont les miens ? Ai-je un sourire ravi ou inquiet quand il m'appelle en lançant ses deux bras hâlés au-dessus de sa tête blonde ? Je ne sais pas. Juste qu'après nos retrouvailles et nos mots, un champ de maladresses, je me mets doucement à respirer sous son toit, mais rien ne se passe. Nos chairs ne se reconnaissent pas. Nos réalités ne se rencontrent pas, feux parallèles. À peine est-il content de voir une photo de toi qui le reflète. À peine s'enthousiasme-t-il de savoir que je me suis prise de passion pour les images, lui que je découvre photographe professionnel en action. Jour après jour, on se côtoie sans se toucher. On se parle sans se regarder. Pire. La proximité nous éloigne. Je sens que je l'exaspère. Je n'ai pas rapporté les pièces qu'il m'avait commandées pour réparer son boîtier. Pas étendu mon maillot de bain mouillé sur la corde à linge. Même pas pensé à acheter une bouteille de vin ou un gâteau pour le repas dominical.

Ce qui est déroutant, c'est que loin de toi, face à lui, je redeviens une enfant. La voix assoiffée d'amour puis tordue d'incompréhension, la gorge qui gratte et enfle et étouffe, j'attends son affection. En vain. Quoi que je dise, je l'agace, arrête de ressasser le passé tu n'es plus une gamine, et l'ambiance tropicale vire vite au ciel de traîne. Il faudra qu'il m'emmène dormir sur une île déserte, dans des hamacs suspendus à des arbres envahis d'araignées, au bord d'une plage trouée de crabes, m'expliquant en scrutant l'horizon qu'il n'y a que ta grand-mère pour savoir s'il est vraiment mon père, pour que j'ouvre enfin les yeux. L'homme n'a aucune envie de nous faire une place dans son album de famille. Il n'est plus si sûr d'avoir mis la graine, mouchoir jeté sur une erreur de jeunesse, heureux sans remords, et ici s'arrête l'histoire.

Lorsque je te serre dans mes bras quelques semaines plus tard, le monde a pris une nouvelle teinte. Tu n'auras pas de grand-père de sang et qu'est-ce que ça peut faire ? Je ne t'abandonnerai pas, moi.

13

Tu louches sur le plat. Tu ne quittes pas des yeux la montagne de riz rouge piment qui s'élève face à toi. Tandis que je regarde droit devant, le teint encore cireux de ceux qui respirent au nord de l'équateur, tu es agenouillé sur le tissu africain imprimé de fleurs d'hibiscus, tes sempiternelles converses blanches repliées sous ton bermuda beige, et tu fronces le nez, affamé ou pas loin. L'obturateur se ferme, clac, et tu t'agites, une lueur ronde accrochée à tes pupilles qui harponnent les morceaux de poissons. Dans une poignée de secondes, tu refuseras que je te serve et plongeras dans la nourriture la cuillère à soupe que tu tiens désormais parfaitement, sous le regard hilare du garçon d'une dizaine d'années à la peau noire cousue de cicatrices que j'ai photographié tout à l'heure.

Quelques mois auparavant, un directeur photo m'a donné ma chance et j'ai intégré la rédaction d'un hebdomadaire. Je suis devenue reporter-photographe. Pour de vrai, comme disent les enfants à demi incrédules. Cet homme autoritaire et exigeant, imprévisible et touchant, m'a tendu la main au moment même où ton grand-père l'a lâchée. Comment ce professionnel a-t-il détecté un futur œil sous mes sourcils de débutante, je n'en sais rien. Il a aussi vu mes tocs, je crois, mais ça ne lui a pas fait peur. L'ogre a les épaules larges. Et la voix qui porte dans les bureaux, embrumée de cigares et parfois de gin. Tu le croiseras trois mois plus tard lorsque je t'emmènerai au journal un samedi après-midi et qu'il te prendra toi aussi par la paume pour t'expliquer le dessous des images, avant de te proposer maladroitement un biscuit près de la machine à café. À quoi rêves-tu lorsque je suis en conférence de rédaction avec lui ? Que fais-tu le week-end pendant que j'arpente les couloirs de mon nouveau métier, quadrillant Paris d'est en ouest avec mon boîtier jusque tard dans la nuit ? Est-ce que tu te languis ? Est-ce que tu te construis dans cette autre séparation ou bien n'existe-t-elle pas, détournée par ta nourrice qui te garde en mon absence ?

Car choisir de devenir photographe salariée cette année-là, c'est assumer de m'éloigner encore de toi. Me donner le droit de ne pas te border tous les soirs. Avoir des envies et leur courir après. Ne pas être une mère omniprésente. Il paraît que c'est essentiel. Il paraît qu'il faut très vite renoncer au désir d'être des parents parfaits pour que nos enfants partent assécher leurs manques ailleurs. À cette époque, je ne le formalise pas, bien sûr. C'est juste une sensation, un besoin intime, une chasse aux papillons. Ce qui ne m'empêche pas de partager mes rêves et de t'embarquer régulièrement en reportage avec moi. En Sardaigne et en Thaïlande, mais aussi à Paris où tu charmes successivement un banquier de gauche devenu patron de presse, un amiral breton de la grande distribution et un géant médiatique en croisade contre la malbouffe. Tu as cinq ans et deux mois lorsque tu me suis pour la deuxième année consécutive au Sénégal où je dois réaliser le portrait de la nouvelle directrice du Samu social. C'est là, à Dakar, dans le quartier de Ouakam, assis à même le sol entre des murs de béton jaune layette, face à l'immense plat de thiéboudiène rempli de riz bruni aux poissons, entourés d'une vingtaine d'enfants des rues et de leurs animateurs, que l'un d'entre eux nous photographie ce jour-là.

Le garçon à ta gauche est en train de planter ses dix doigts dans le tas de grains parsemés de légumes qui nous fait face, tandis que ton regard incrédule pivote de lui à moi comme une girouette. As-tu le droit de manger avec les mains ? Oui. Tu te penches sans attendre vers le plat, pendant que la directrice nous raconte son engagement. En plus de son intervention dans les rues chaque jour, elle vient d'ouvrir un centre d'hébergement temporaire pour mettre hors de danger ceux qui sont en situation extrême de détresse et favoriser leur réinsertion. Elle n'y accueille que des jeunes volontaires à qui elle apprend à lire, se brosser les dents, faire leur lit ou encore dresser la table. Je suis contente que tu approches d'autres destins, même si je ne sais pas ce que tu en comprends. Qu'as-tu saisi de la vie de ces gamins qui ne sont pas toi ? As-tu perçu les valises invisibles qui alourdissent leurs rires ? Te demandes-tu pourquoi eux ne sont pas avec leur maman ?

Une heure plus tôt, je t'ai confié aux animateurs pour partir en maraude avec le médecin et l'équipe mobile. Tu n'as pas protesté lorsque je t'ai abandonné entre les murs inconnus. Les visages croûtés portant parfois les stigmates de la gale et les corps tordus mal soignés ne t'ont pas rebuté. Tu as couru vers la horde d'enfants et tu as agrippé les manettes du baby-foot avant même que j'aie franchi le seuil de la bâtisse. La veille, tu as disputé une partie de pétanque avec des pêcheurs dans la rue tandis que je téléphonais au centre social pour confirmer ma venue. Après avoir raccroché, je t'ai retrouvé penché sur le cochonnet, étudiant la trajectoire de ta boule sous le regard plissé amusé de l'assemblée. Plus tard, tu as fait la sieste sur mes genoux, allongé sur le sable, tandis qu'on écoutait un musicien jouer du djembé dans un village d'artisans. Ici et là, ta capacité d'adaptation me ravit. Pas besoin d'anticiper ni d'organiser quoi que ce soit. Encore moins de rentrer à l'hôtel pour t'étendre sur des draps frais sous un ventilateur le temps que tu reprennes des forces ou que tu ingères ton goûter. Tu me suis partout, joyeux et facile à vivre, et j'en profite. Entre la mère et la photographe, la présence et l'absence, je ne choisis pas. Tu te déploies devant mon objectif en même temps que moi qui m'affirme derrière et je découvre de nouveaux reflets à ta personnalité. Tu es téméraire. Sûr de toi. Souple et curieux. Je n'ai pas eu l'occasion de voyager dans mon enfance et, comme la plupart des parents, je suis fière de te faire partager ce que j'aurais voulu vivre. Sans savoir si cela te correspond.

Tu avales goulûment une bouchée, tartinant au passage ton visage de tomate, puis te ressers en plongeant ta main dans le plat. Sous ton menton maculé pendouille un coquillage cauri, porcelaine utilisée autrefois comme monnaie en Afrique et dans l'océan Indien, qu'un jeune Sénégalais avec qui tu as joué la veille t'a offert. À moins que ce soit moi qui te l'aie acheté à un marchand ambulant, je ne m'en souviens plus. C'est devenu une tradition entre nous. Lorsque je voyage sans toi, je te rapporte un cadeau, collier, bracelet ou instrument de musique. En plus des lanières de cuir à ton poignet ou à ton cou s'accumuleront bientôt dans ta chambre un tambour en peau de buffle, un xylophone en bambou, une flûte de pan, une kora et un balafon. Des morceaux du monde que je dépose à tes pieds pour que tu ne m'oublies pas quand je ne suis pas là.

Les mois suivants, je troque Dakar pour Los Angeles, Madrid, Alger, Tanger, Oslo, Delhi, Bénarès, et même Kaboul après la chute des talibans, sur les traces du commandant Massoud mort quatre ans auparavant. Curieusement, je vais me recueillir sur les terres du chef de guerre au moment même où Jean-Paul II s'éteint au Vatican. Je me rappelle avoir eu peur la veille de mon départ, appuyée à la table de la cuisine face à ta nourrice venue dormir à la maison pour me relayer aux aurores et te conduire à l'école puis chez ton père le lendemain. Et si je ne revenais pas ? C'est l'époque des attentats suicides. Mais la curiosité l'emporte. Debout les gars, réveillez-vous, il va falloir en mettre un coup. Debout les gars, on va au bout du monde. Ce n'est qu'en te serrant dans mes bras pour te dire au revoir que je mesurerai soudain le danger, le risque de te perdre pour toujours. Quelques nuits après mon retour, une voiture piégée tue trois touristes non loin de mon hôtel.

Lorsqu'on regagne notre chambre après avoir quitté le centre social ce soir-là, tu es épuisé mais tu peines à trouver le sommeil. La sensation de toute-puissance que tu as éprouvée pendant la journée, vaillant soldat, s'évanouit. Tu râles. Tu pleures. C'est de ton âge, mais je ne peux éviter de m'inquiéter. La vue de ces enfants sans parents aurait-elle réveillé des peurs intimes, forêts sombres et effrayantes ? Je m'assois près de toi et t'interroge. Tu es désormais capable de nommer tes angoisses. Tu sais accrocher des formes sur tes émotions. Sous ton lit respirent ce jour-là un crocodile, un zombie, un monstre, une sorcière. Je comprends que tu redoutes de te séparer de moi en dormant là. Seul dans le noir. Seul entre ces murs inconnus. Seul sous la moustiquaire qui ondule d'ennemis potentiels. Seul après avoir été entouré, tu redeviens un tout-petit, poucet égaré. Et pour retrouver ton chemin, tu as besoin de ton doudou. L'ours en éponge bleu grisaille a l'odeur de notre appartement, de l'assouplissant à la violette que je verse dans le linge. Il a la douceur de ta peau à force de l'avoir cajolé, sans doute aussi un peu de la mienne. Ici comme à Paris, il te rassure et te console. Il t'apaise. Il me remplace. Lui aussi t'aide à lutter contre la peur de me quitter. Je t'abandonne dans ses bras et m'installe sur le balcon. Mais dans le calque du ciel gonflé de chaleur, je continue de chercher des réponses. Ai-je eu raison de t'emmener ? Est-ce une si bonne idée de partager mes rêves avec toi pour qu'ils ne nous séparent pas ? Ces voyages nourriront-ils une curiosité tout terrain ou développeront-ils au contraire un besoin d'immobilité et de retrait ?

14

D'une génération à une autre, le passé nous prend en otage. À notre insu, des fantômes se penchent sur notre épaule et nous chuchotent des mots et des pas, des cris et des fuites, qui ne nous appartiennent pas. Quelle manière d'aimer, de t'exprimer, de réfléchir, de t'énerver, de jouer, de rire t'ai-je léguée, alourdie par le souffle invisible de tes aïeules ?

L'hiver se termine lorsque tu célèbres tes six ans. Avec l'aide de ta nourrice, j'ai préparé un goûter en réunissant tes copains de l'école maternelle. Tu as fièrement distribué les cartons d'invitation dans ta classe une semaine avant et j'ai dévalisé les rayons de l'épicerie du coin pour disperser dans le salon des montagnes de bonbons acidulés. Pendant que je te photographie en train de faire l'Indien, une main s'abattant sur ta bouche vociférante, le regard allumé d'étoiles, c'est ton jour c'est ta fête, une demi-douzaine d'enfants chahutent en chaussettes colorées autour de toi. Que ressens-tu tandis que je te scrute à travers la lentille ?

C'est la première fois que j'organise l'événement en invitant tes amis. Je n'y avais pas pensé avant. Ta grand-mère ne m'a pas habituée à ce rituel quand j'avais ton âge, elle-même n'y ayant pas eu droit, et on en découvre les codes ensemble ce jour-là. Agenouillée dans un coin du salon décoré de ballons, près de la table basse nappée de têtes de clowns, calée derrière mon appareil, je cadre la scène comme si j'étais en reportage. Sur le bord droit de mon viseur, Jules, gendarme ou voleur, attrape le tee-shirt rayé d'Antoine qui semble prêt à se jeter sur le bureau couvert de sucreries et de verres en plastique. Derrière eux, pieds lancés floutés au-dessus du crâne, Érica se réceptionne d'une roulade sur mon lit-canapé. Sur le bord gauche, Basile éclate entre ses doigts une bulle de savon soufflée par ta nourrice. Près de lui, Nora scrute la bibliothèque et ma collection de disques d'un air perplexe. Au premier plan, tu cours, les deux jambes en mouvement, seigneur en ton royaume, excité et heureux. Tu parais à l'aise dans tes rapports aux autres. Ancré dans ton corps sans timidité. Tu n'as pas encore conscience des individualités en lutte dans un groupe, chasseurs armés tapis dans l'ombre. Tu ne te poses pas la question de la confiance. Tu n'as peur ni du rejet ni de la trahison, coups de couteau que tu connaîtras hélas un jour. Tu t'amuses, entouré de tes copains, et rien d'autre ne compte. Même moi, je n'existe plus. Forcément, je ne fais pas partie de ta bande. Je suis juste une maman, adulte ayant pour fonction d'accueillir les parents et de les rassurer. Merci et à tout à l'heure.

Sur la photo, tu as tes cinq doigts plaqués contre ta bouche et tu cries hou hou pendant que tes copains s'agitent autour de toi en mélangeant leurs joies, grelots cristallins. Je me souviens m'être enivrée de vos rires cet après-midi-là, accroupie à l'extrémité de la pièce avec mon objectif grand angle, collée recroquevillée contre le mur comme une espionne. Je ne suis pas une des vôtres mais j'en ai la taille. C'est un parti pris de photographe de déclencher à hauteur d'yeux du sujet, à égalité dans la rencontre. Tu mesures alors cent quatorze centimètres, le pédiatre l'a écrit sur ton carnet de santé, et je me plie à cette échelle pour tenter de capter tes émotions qui s'éparpillent sans moi ce jour-là. Quelques minutes plus tôt, je t'ai observé jouer avec Érica, assise dans le fauteuil club en tissu jaune. Elle avait passé ses deux mains autour de ton cou et serrait son front contre le tien d'un air mutin tandis que tu lui tirais la langue. Érica, c'est ton amoureuse depuis ton entrée en école maternelle il y a trois ans. Avec Antoine, vous formez un couple à trois. Elle est blonde aux yeux châtaigne, jolie et intrépide, souriante et malicieuse, et vous en êtes tous les deux marteaux. Curieusement, avec son visage méditerranéen aux traits souples et ronds, je trouve qu'elle me ressemble. L'as-tu choisie ainsi ou est-ce moi qui projette Œdipe et ses tentacules ? Il paraît qu'avant d'aimer l'autre sexe dans une construction à égalité, les enfants, garçon ou fille, éprouvent pour leur mère un amour absolu et exclusif. Une fidélité qui dure souvent bien après l'enfance. Un lien fusionnel qui, s'il ne se dénoue pas, détachement raisonnable, peut devenir un piège terrible à l'âge adulte. Quelles sensations tartinent ton cœur tandis que tu lui adresses ta plus belle grimace avant de repartir jouer, cours-moi après si tu peux ? As-tu conscience d'adorer pour la première fois une autre féminité que celle qui t'a fait naître ?

Tu rejoins les garçons et je m'esquive à la cuisine. Je réapparais quelques secondes plus tard en brandissant le gâteau piqué de six bougies en flammes. Joyeux anniversaire. Alors que tu t'assois en tailleur face à la table basse sur laquelle j'ai déposé la tarte et les cadeaux apportés par tes copains, je constate avec émerveillement le temps qui passe, les centimètres en plus, ta transformation. Tu n'es plus un bébé. Tu te déshabilles seul. Tu te brosses les dents seul. Tu commences à savoir ranger ta chambre seul. Tu aimes faire plaisir aux autres. Et tu apprends même à t'excuser quand tu fais une bêtise, me bombardant de questions et te cognant maladroitement aux murs du bien et du mal. Joyeux anniversaire. Ton visage scintille. Tes poumons se gonflent. Ta bouche s'arrondit. Et tandis que tu souffles de toutes tes forces, abandonnant un peu de ta salive sur les fraises, je profite du spectacle. Ton regard embrasé par le bolduc. Tes lèvres maculées de confiture interpellant l'un après l'autre tes copains comme pour t'assurer qu'ils sont bien là, pour toi. Tes petits doigts qui déchirent les papiers colorés. Comme quand tu étais bébé, le bruit froissé te réjouit presque plus que l'objet à l'intérieur. Un jeu de société à base de pâte à modeler. Deux livres de gommettes. Un déguisement de l'homme-araignée. Les cadeaux défilent entre tes mains, allumant une étincelle de plaisir qui s'éteint dès que tu tends le bras vers un autre paquet. Mais un moment plus tard, tu te mets à pleurer sans raison. C'est la fin de la journée et tu troques d'un coup le rire pour les larmes comme si tu avais besoin d'évacuer l'excitation, la joie éreintante d'être au centre d'un groupe. Plus qu'un épuisement, il s'agit d'ailleurs peut-être d'un désarroi. L'étourdissement d'être noyé dans la masse, et plus un enfant seul dans mes jupons. La responsabilité de vivre des moments intenses qui n'appartiennent qu'à toi. Une expérience que tu poursuis après l'été lorsque tu entres en cours préparatoire.

Je n'ai aucun souvenir de la façade de ton école primaire. Juste d'un étroit couloir tapissé de dessins d'enfants et d'une salle quadrillée de pupitres en bois sur la droite avec ta maîtresse au carré blond juvénile. Juste de nos retrouvailles sur le trottoir ce jour-là, alors que tu arrives main dans la main avec ton père chez qui tu as dormi la veille. Juste de ton sourire, tandis qu'on t'abandonne dans ta nouvelle classe, d'avantage préoccupé par le chahut d'un copain potentiel que par les encouragements noués désordonnés de tes parents. Comme lors de ton entrée en maternelle, tu ne sembles avoir ni crainte ni hésitation à nous quitter. C'est moi qui les retiens dans ma gorge, petit filet acide. Animée par une furieuse envie de me glisser dans ton corps comme une vigie minuscule, je te regarde t'éloigner vers ce nouvel univers où je ne suis pas. Vas-tu t'y épanouir ? Réussiras-tu à te faire des amis ? Tu as déjà Jules, Antoine et Érica, mais ils ne sont pas dans cette école et tu vas devoir repartir à zéro. Sans compter qu'à six ans, ton instinct se développe. Même si tu ne t'en rends pas compte, tu ne vas pas forcément sympathiser avec le garçon qui est assis à côté de toi mais avec celui envers qui tu vas ressentir un élan, promesse d'une communauté de jeux. À partir d'aujourd'hui, loin de moi, tu vas arpenter les couloirs de la sociabilisation et de l'enseignement. Loin de moi, tu vas apprendre à lire et à copier les lettres qui traceront les contours de ta future indépendance. Est-ce que je projette déjà ton parcours scolaire, de grandes études, un beau métier, tandis que les mouvements contre le Contrat première embauche rugissent dans la rue quelques semaines plus tard ? Est-ce que je veux que tu sois le meilleur, performant dès le début ? Je ne crois pas. Mais je ne me souviens pas t'avoir dit que c'est normal d'avoir peur de l'inconnu, que ce sont les premiers pas qui coûtent. Ni que le plus important est de faire de son mieux. Ni que tu as le droit d'échouer plusieurs fois avant de trouver ta voie. J'aurais peut-être dû.

15

Tu as perdu une dent. Tu as glissé ton index dans ta bouche, caressant une incisive qui tremblait, perle de lait, et puis c'est arrivé. Le bout d'os s'est détaché de ta gencive et a creusé ton sourire, plus grand encore, te jetant sans prévenir dans l'âge de raison.

L'appareil photo te saisit assis sur un tabouret haut d'écolier dans la cuisine, alors que tu mords dans un hamburger. Tu es en pyjama de grand-père rayé blanc et violet, col déboutonné froissé, manches trop courtes, et tu tiens à deux mains ton sandwich en me questionnant. Par où trottine la petite souris ? Est-ce qu'elle se faufilera bien dans ta chambre cette nuit ? Tu ne crois plus au père Noël à cette époque, mais tu sembles attendre le rongeur comme une évidence, et je me promets de glisser une pièce derrière ton oreiller avant d'aller me coucher. Tandis que tu fantasmes sur ton futur trésor, tu as deux puits d'amour à la place des yeux et j'en profite. Car ton regard se floute depuis quelque temps. Tu ne veux plus te marier avec moi, c'est officiel. Tu as sept ans et un mois et tu ne veux plus marcher sous mon aile. Plus question de vivre à travers mes désirs. C'est ce que tu m'expliques en développant toute une guirlande d'arguments pliés dépliés, t'arrachant au monde des bébés pour t'opposer à mes mots de maman. Tu refuses de te coucher tant que le soleil ne fait pas comme toi. Tu repousses ton assiette de haricots verts car ils sont moches. Les dents de lait dont tu commences à te séparer cette année-là laissent peu à peu la place à une mâchoire de préadolescent. Une petite révolution. Mais réaliser que tu penses par toi-même, esprit critique et ferrailleur, c'est te découvrir surtout capable de faire le bien et le mal, le juste ou l'injuste, le sourd ou l'aveugle, pétri de nouvelles libertés mais aussi d'angoisses. Une autre épreuve pour nous deux.

Ce jour-là, je nous utilise pour modèles. Poursuivant mes explorations de photographe, j'apprends à me servir d'un flash de reportage. Je procède à des essais pour en doser l'intensité et l'orientation. Ce qui est drôle, c'est qu'on est orange fluo sur l'image. Ma température de couleurs est mal réglée. La lumière du jour traverse la pièce mais celle de la boule seventies qui nous suit d'un déménagement à un autre nous éclabousse de sa pulpe en plastique. Elle nous fait la même peau rougie et les mêmes yeux cernés. Les mêmes disques ombrés qui toupillent le haut de nos visages. Nos joues serrées l'une contre l'autre, on fixe l'objectif de l'appareil que j'ai calé sur la caisse militaire nous servant de placard de cuisine, après avoir programmé le déclenchement à distance. Tes paupières bordées de longs cils tombent légèrement sur le côté, alourdies de tendresse, tandis que l'obturateur s'ouvre et se ferme. Toi et moi sous notre nouveau toit. En es-tu heureux ?

Car on a déménagé l'été précédent. Au hasard d'une petite annonce trouvée sur internet un dimanche d'ennui, on a troqué les cheminées et les moulures louées à la va-vite près de chez ton père juste après la séparation pour cette maison de poupée avec une seule chambre mais un jardinet dans un autre quartier. Sur la place du marché, on croise désormais des mères et des enfants qui pourraient être nous, miroir confortant, et je suis heureuse d'avoir suivi les conseils de ton arrière-grand-mère. Il faut sécuriser tes arrières, ma petite-fille. Tu ne peux pas te balader dans l'existence avec un bébé accroché à ton cou sans tanière. En dépit des avis tièdes flottants de mon entourage, me décourageant d'acheter là alors que tu habites la moitié du temps chez ton père ailleurs, j'ai persisté et me suis endettée sur trente ans. Te voir grandir, c'est aussi continuer de m'affirmer. Évoluer dans tes pas comme tu progresses dans les miens. Trouver en moi la souplesse et la force et la patience de te faire confiance mais aussi de me faire confiance.

Avec tes jouets, je t'ai installé dans la chambre sur la mezzanine encerclée de murs, séparée par une unique porte et trois fenêtres de l'espace de vie. À peine sors-tu de ta bulle que tu entres dans la mienne. La frontière est ténue. À peine quittes-tu ton royaume que tu pénètres dans le mien. Chaque matin, une fois réveillé, tu traverses désormais mon bureau, accolé à la cloison de ta chambre, puis descends les escaliers jusqu'au salon où je dors, prolongé par la cuisine. Lorsque tu ouvres les yeux et te penches à l'une des vitres qui éclaire ton lit, tu peux même m'apercevoir préparer le petit-déjeuner. Où que je sois, tu n'as qu'à faire un geste pour être avec moi.

Ce qui est curieux, c'est que c'est à cette époque que je t'emmène au musée d'Art moderne voir une exposition collective d'artistes femmes et le travail de la plasticienne Louise Bourgeois autour du thème des femmes-maisons. Dans son enfance, la maison parentale était aussi un atelier de couture qui accueillait une flopée d'ouvrières dont la maîtresse de son père, et Louise Bourgeois n'a eu de cesse de relier l'architecture à la construction intime. Corps joyeux ou déprimés, jambes bosselées creusées par l'absence, bras s'échappant des fenêtres comme du foyer, visages pleurants criants dissimulés derrière les cloisons, escaliers dressés vers l'inconscient. C'est la première fois que j'ai une maison à moi seule, même si je n'ai pas encore de chambre, et, en nous photographiant tous les deux ce jour-là, avec la bibliothèque qui avale les escaliers jusqu'à la mezzanine dans ton dos, j'ai le sentiment de nous élever, toi et moi. Ériger une verticalité. Tuile après tuile, déployer un toit qui nous protège.

Face au plat de frites, tu poursuis ton babil. Tu as laissé de côté la petite souris et me parles de l'école. Tu me confies que tu ne supportes pas une fille de ta classe. Mais tu ne supportes plus aucune fille. Des têtes brûlées dont tu ne comprends ni les rires aigus ni les gloussements idiots. Tu as ton groupe de costauds, vos jeux et vos codes dans la cour de récréation, et au piquet les couettes. Elles ne te font plus battre le cœur. Au contact de tes copains, nouveaux modèles de virilité après ton père, tu dessines ton identité.

Tu es un garçon, que ce soit clair. Et les filles t'agacent. Ce qui ne t'empêche pas de t'intéresser à la différence des sexes et de me demander comment on fait les bébés, inévitable question qui vieillit tous les parents.

Tandis que je réchauffe ton assiette au four à micro-ondes, tu sautes du tabouret pour aller chercher un album illustré dans ta chambre. Tu vas bientôt entrer en première année du cours élémentaire et tu sais désormais lire. Toi aussi, tu vas pouvoir rencontrer d'autres personnages avec d'autres pensées dans d'autres mondes. Toi aussi, tu vas pouvoir éprouver l'infinité de tes émotions en les confrontant à celles de tes héros. Peur, joie, tristesse, excitation, rage, fierté, nostalgie, incompréhension, étonnement, révolte, espoir, déception. Est-ce que tu aimeras cela ? Ta grand-mère ne me lisait pas de livres quand j'avais ton âge, mais c'est en la scrutant, assise dans le canapé le week-end, captivée par un roman sans se préoccuper de moi, que je me suis plongée dans la littérature à mon tour. Piquée par son indifférence à mon égard. Puisque lire l'éloignait de moi, j'allais la rejoindre à travers les mots. Ressens-tu cette même distance quand je m'abstrais dans un roman pendant que tu joues au parc ou que tu barbotes dans une piscine à Paris comme en Tunisie et au Sénégal où on se rend cette année-là pour la troisième fois ?

On est au printemps et malgré l'heure, le soleil s'attarde dans la maison. Tu finis ton assiette et t'agites sur ton tabouret en avalant une compote à boire. Dans ton dos, on aperçoit le salon et la cour à moitié bitumée, avec son jardinet semé d'herbes jaunes et un peu folles dans lequel tu passes du temps, les mains dans la terre, à bavarder avec les escargots quand tu ne les défies pas avec tes voitures. Au-dessus de ta tête, on distingue un bout de la mezzanine qui supporte ta chambre. Plusieurs semaines avant cette photo, j'ai demandé à ton père s'il pouvait m'aider à fixer des stores aux trois fenêtres qui bordent ton lit. Elles déplient leurs carreaux pas très loin de la lucarne qui perce le toit et la lune t'empêche de dormir. À contrecœur mais équipé des outils réglementaires, il a accepté. Pressé et distant tandis que j'étais émue. Pendant qu'il bricolait, je nous imaginais savourer une tasse de café pour parler de toi et se sourire en se souvenant qu'on s'était aimés dans l'esprit d'une publicité Nescafé qui m'avait marquée à l'époque. Qu'a-t-il pensé en voyant cette maison qui ressemble si peu à l'appartement qu'on partageait tous les trois ? A-t-il mesuré à quel point tu vis désormais dans deux univers parallèles ? Il n'a en tout cas rien montré de son étonnement. Pas plus que toi de le découvrir là, d'ailleurs. Ou même assis dans notre cour un mois plus tard pour ton anniversaire, goûtant un morceau de gâteau au chocolat avec sa compagne et leur bébé, entente possible, pendant que tu joues au facteur qui n'est pas passé avec tes copains.

Car tu as un petit frère depuis peu, même si je ne me souviens pas qu'on en ait beaucoup parlé, tous les deux. Chaque semaine, tu continues de cloisonner tes vies, tandis qu'avec ton père, on essaie de retrouver notre équilibre, droit debout parole tenue, sans réussir à nous apaiser malgré nos efforts. Cette année-là, nos disputes fleurissent comme de mauvaises pensées. Est-ce parce qu'il se recolle tandis que je me disperse ? À chaque nouveau heurt téléphonique, mots coupés tordus, je sors de la maison et vais crier ma rage et ma déception et ma responsabilité dans le jardinet. Es-tu angoissé de me voir disparaître hors de ton champ avec mes yeux creusés de sel ? Te sens-tu coupable de ne pas avoir soudé le couple de tes parents ? Lorsque je reviens près de toi, je te répète que maman est triste mais que ce n'est pas grave. Maman est ronde et papa carré. Réussiras-tu à te débrouiller avec ce jeu de construction ?

Ce que je ne sais pas ce jour-là, c'est que le fragile compromis que j'entretiens avec ton père basculera à la rentrée lorsque je demanderai à te changer d'école primaire pour raccourcir ton trajet jusqu'à notre nouvelle maison. Tu n'y suivras qu'une classe avant que ton père ne se mette à chercher un appartement plus vaste pouvant accueillir sa famille qui s'élargit et le trouve par chance et bonne volonté à quelques rues de nos murs. Mais lorsque je le solliciterai pour m'aider à faire face à tes besoins grandissants de préadolescent, le ton se durcira. Il refusera et je ferai intervenir un magistrat. Il ripostera en exigeant ta garde entière. Bien que ce soit évidemment pour assurer ton bien-être à son idée, ce geste sera pour moi un coup de poignard. Seules les femmes alcooliques, droguées, psychotiques ou prostituées sont dessaisies de leur quotidien de mère. Une plaie difficile à cicatriser malgré les années et le refus du tribunal de lui donner raison, merci monsieur le juge. Car ce qui se joue au cours de ces longs mois d'attente du verdict n'est rien moins que ma capacité à être ta mère aux yeux de la société. Ta mère aux yeux de ton père, dont je cherche toujours curieusement la bénédiction, mais aussi ta mère à mes propres yeux. Donc aux tiens. Il faut que l'étiquette existe pour pouvoir la décoller. S'ensuivront des nuits pâles et des matins gris, la poitrine comprimée écrasée émiettée, à me demander si je suis une bonne maman. Parce que je me rends bien compte que je ne suis pas toujours cohérente, machine mal réglée non huilée. Pas encore stabilisée dans l'œil du cyclone. Je te félicite parfois avec une nuance de retenue dans la voix. Je refuse puis je cède, indécise et incapable de me positionner en adulte qui sait, femme responsable. J'organise, je promets, je fixe, et puis je change d'avis. Je me donne un jour en exemple, fais comme moi, et j'agis à l'inverse le lendemain. Je t'aide trop, puis pas assez. Sans oublier les punitions que j'annonce et que je ne tiens pas. Ou alors sans conviction. Ou alors en me rachetant d'une manière ou d'une autre et si on allait au cinéma grignoter des pop-corn ? J'ai lu Dolto. Rufo. Revol. Cyrulnik. Pommereau. Je sais qu'on ne peut pas élever sans se distancier, on n'est pas au même niveau et je ne suis pas ta copine. La construction d'un enfant passe par là. Et pourtant.

Lorsque tu te réveilles à l'aube le lendemain, je n'ai pas le temps de me lever que tu m'appelles en pleurs. Tu as la voix hachée mouillée et une attente trompée au fond de la gorge. Tu as retourné ton drap, ton oreiller, ton matelas. Aucune trace de cadeau. La petite souris n'est pas passée, la lâcheuse. Encore ensommeillée, je me jette sur mon porte-monnaie avant de grimper les marches deux par deux jusqu'à ta chambre. Je t'encourage à chercher ici. Là. Plus loin. La désolation de t'avoir oublié précipite mes gestes. Je dégage ton édredon, ton ours, un livre. Bascule la couette au sol. Me prends les pieds dans une pile de vêtements repassés. Puis dépose ni vue ni connue la pièce espérée dans un pli du drap. À peine aperçois-tu le butin que ton visage s'éclaire. Nos deux visages se détendent d'un coup. La petite souris et moi ne t'avons pas abandonné. La dent a été transformée en trésor. La perte est devenue joie. Pourvu que je réussisse toujours cet exploit.

16

J'ai claqué la porte. Un mois avant tes huit ans, j'ai quitté mon poste de photographe salariée pour redevenir ta maman à plein temps. En dépit du plaisir et de l'excitation du métier, je n'ai plus envie de passer mes samedis enfermée dans une tour de verre à éditer des photos pendant que tu ris, joues et découvres le monde sans moi. Tu affirmes ton originalité, graine d'homme, et je veux te voir te déployer, curieuse de toi comme d'un inconnu que je rencontrerais pour la première fois. Oubliant l'ombre des lendemains incertains, je reprends mon statut de pigiste et mes marques à la maison.

Main dans la main, on se balade souvent cette année-là dans les rues et les squares de notre quartier, regagnant en liberté ce qu'on a perdu en sécurité. Suite au déménagement de ton père près de chez nous, tu as changé d'école primaire et tu es désormais en cours élémentaire deuxième année derrière le mur en briques brunes qui s'élève à quelques blocs de notre maison. Tous les soirs, je viens te chercher à pied à la sortie. Tous les soirs, tu franchis le porche en courant, marquant un temps d'arrêt pour scanner la foule jusqu'à ce que tu me repères parmi les parents, libérant ton cartable d'un mouvement d'épaule avant de te précipiter, pomme d'amour gueule d'ange, dans mes bras. Tous les soirs, tu joues à cache-cache avec tes nouveaux copains, tandis que je fais connaissance avec leurs mamans. Car tu as trouvé ta bande. Mieux. On a trouvé nos bandes, le hasard fait bien les choses. Dans ta classe, tu as rencontré Victor, Maurice, Ulysse, Yanis, Clément, Oscar et un deuxième Victor, quand j'ai croisé sur le trottoir Judith, Aurélie, Nathalie, Valérie, Catherine, Sophie et Annie, leurs mamans. Huit copains. Huit copines. Deux groupes qui fusionneront régulièrement le soir et le weekend, rejoints parfois par les papas pour celles qui vivent en couple.

Ce jour-là, c'est le début de l'année scolaire, fin de journée soleil transpirant, et Valérie, retrouvée devant l'école après l'avoir connue dans une rédaction, nous a proposé de nous joindre au pique-nique qu'elle a improvisé au parc avec ses copines après la sortie des classes. La photo est abîmée mais elle te montre les joues rougies, le tee-shirt blanc auréolé de sueur, le bermuda beige taché de terre. Tu escalades mes genoux pour attraper une bouteille en plastique vide, tandis que Maurice te tire par le bras en montrant du doigt Clément, Victor et Ulysse qui s'enfuient. Chats perchés ne craignent pas l'eau. Qu'es-tu en train de murmurer à Maurice pendant que Judith éclate de rire près de moi, assise avec les autres mamans sur la pelouse jaunie ? Malgré nos vingt-cinq ans d'écart, c'est la première fois que toi et moi faisons partie d'une bande, maillons remarqués puis assimilés d'une chaîne. Un plaisir inédit qui nous rapproche cette année-là.

Sur le papier glacé, je porte une jupe en jean et un tee-shirt noir près du corps au-dessus duquel des mèches ondulent comme si mes cheveux habituellement lisses s'étaient transformés. Ils sont plus épais, plus bouclés. Mon sourire a une expression que je ne lui connais pas. Douce et sereine. Intégrer cette bande me conforte dans ma fonction de maman, ticket d'entrée, mais m'incite aussi à développer ma singularité. Pour que l'entente dure, je sens que je dois trouver ma place sans prendre celle d'une autre. Qui suis-je qu'elles ne sont pas ? Moins sophistiquée, moins féminine, c'est sûr. Moins assumée. Plus casanière, parfois. Plus sérieuse. Plus idéaliste, aussi. C'est en me comparant à elles, modèles de mères joyeuses et extraverties, que je continue de me révéler. Parce qu'on s'occupe toutes de nos enfants seules, célibataires ou mariées à des hommes qui travaillent tard et loin. On œuvre toutes chez nous ou presque, indépendantes et souples dans nos rythmes comme dans nos modes de vie. On partage toutes les mêmes interrogations et les mêmes espoirs, les mêmes envies de rire et de sortir, le même besoin de retenir le temps qui passe et nos enfants près de nous. Et en dépit de nos positions politiques différentes, gauche droite, on se pâme toutes pour Barack Obama qui vient d'être élu président des États-Unis d'Amérique. Un enthousiasme commun, cocon exubérant et régressif mais aussi rempart contre le monde extérieur, qui m'apporte une sécurité inattendue. Face à toi dont je ne sais pas toujours apprivoiser les mouvements élastiques, je ne suis désormais plus seule.

Tandis que tu m'écrases la cuisse, dégoulinant d'eau et de sueur, je poursuis ma discussion avec Judith. Dans mon dos, les voix de tes copains couvrent mes confidences. T'as pas intérêt à m'arroser ! Demande à ta mère si tu peux venir dormir chez moi ce soir ! Où est-ce que t'as trouvé ce gâteau ? Tu t'éloignes pour remplir ta bouteille à la fontaine, avant de repartir en courant vers Victor. Il détale en hurlant pendant qu'Ulysse t'envoie un ballon dans les pieds qui te fait trébucher. Putain ! C'est l'un de tes premiers gros mots. Je te reprends aussitôt et tu t'excuses, penaud. Dans l'élan, tu as oublié que j'étais là. C'est que toi aussi, tu fais l'expérience du collectif. Au contact de ta bande, toi aussi tu te façonnes. En t'entendant crier, je me demande comment est-ce que tu vas prendre ta place à ton tour. Quel genre de copain seras-tu ? Celui qui commande ou celui qui suit ? Celui qui temporise, celui qui explique ou celui qui amuse ? Celui qui freine ou celui qui initie ? Intuitif ou raisonné ? Prudent ou fonceur ? Timide ou sociable ? Sauras-tu rester toi-même sans te laisser influencer ou bien te transformeras-tu pour te faire aimer ? Dans le parc ce jour-là, je te regarde agiter l'éventail de ton caractère avec curiosité. As de pique. Valet de trèfle. Roi de carreau. Selon les réactions des uns et des autres, tu adoptes des visages que je ne connais pas et je n'en perds pas une miette.

Le ballon rebondit à nouveau sur le chemin de terre, soulevant un nuage de poussière. Tandis que Victor le récupère, tu renonces à l'arroser avec ta bouteille et retires ton tee-shirt mouillé pour délimiter un terrain de foot dans l'herbe. Clément, Ulysse, Yanis et Maurice t'imitent aussitôt. Puis tu te positionnes au centre, torse nu, côtes saillantes sous ton buste maigrelet, en attendant que Victor se mette en mouvement. Un grand coup de basket et c'est parti. Vous galopez un moment avant de vous jeter à plat ventre. Dans la mêlée, je te découvre inventif. Énergique et collectif. Que ce soit avec tes amis ou avec les adultes, tu sembles t'affirmer naturellement. Ouvert et confiant. Drôle et souriant. Sans le savoir, tu réponds à mes vœux secrets. Comme tous les parents, je ne peux m'empêcher de te comparer et je te trouve formidable.

Quelques minutes après pourtant, tu abandonnes le match pour aller à la rencontre de ton père. Maintenant qu'il vit dans le quartier, il n'est pas rare qu'on le croise. Ce soir-là, il est avec sa compagne, leur fils qui commence à marcher et un landau. Car en plus d'un frère, tu as désormais une sœur qui vient de voir le jour. Tout comme lors de la première naissance, tu ne m'en parles pas. Sans que je sache qui de nous deux tu cherches à protéger par ton silence. Tu te jettes dans ses bras, avant d'embrasser ta belle-mère et de caresser le bébé sous le regard curieux de tes copains qui suivent la scène de loin. Malgré ta joie évidente de voir ton autre famille, tu ne t'attardes pas. Mal à l'aise ou défensif, tu n'aimes toujours pas mélanger tes univers.

17

Seul. Tu as neuf ans et quatre mois et tu voyages seul. Je t'ai conduit à l'aéroport, confié à une hôtesse avec d'autres enfants bardés de sac à dos Mickey, puis t'ai observé franchir lentement le portique de sécurité. Derrière la paroi vitrée, ventre noué souffle court, si petite soudain, je me suis hissée sur la pointe des pieds pour suivre la tache rouge de ton tee-shirt qui se diluait, fraise grenadine, dans la foule.

Depuis que tu as trois ans, je t'envoie passer les vacances scolaires chez ta grand-mère pendant que je travaille, mais je ne m'habitue pas à cet instant. Te regarder partir. Te voir disparaître. Bien que ce soit une respiration pour toi comme pour moi, rompant la continuité de notre relation et t'offrant l'opportunité de t'ouvrir au monde, je redoute toujours de ne pas te retrouver. Entier ou comme avant. Je redoute les dangers du ciel ou de la route, les torsions de l'environnement. De ton côté, tu sembles serein, pourtant. Tu ne pleures pas. Tu ne te retournes pas. Tu suis l'uniforme d'un pas joyeux et te diriges vers la salle d'embarquement sans inquiétude malgré le mal de transport qui te chamboule parfois.

Ta grand-mère t'a photographié en équilibre sur le muret de pierres qui sépare le potager de la terrasse. Tu portes le même tee-shirt rouge que lorsque je t'ai emmené à l'aéroport et tu te penches vers ton grand-père qui se tient debout près de toi avec son pantalon de velours maculé de terre et son marcel. Tu as glissé une main autour de son cou et l'autre dans la poche de ton short, et tu clignes des yeux en baissant la tête, casque de virgules blondes chauffé par le soleil. Derrière vous, le jardin se confond avec la montagne. Tu as pris ta place il y a six jours dans ce paysage brun et sec lorsque ta grand-mère m'envoie cette photo. Dans ce village rustique. Dans cette longère à quelques kilomètres de la frontière espagnole où nous nous réfugions désormais chaque été. Adieu pays lointains. Adieu virées au long cours. Avoir un toit a un prix. Et en changer pour un plus large plus grand plus haut l'augmente encore cette année-là.

Car on a à nouveau déménagé. Depuis un mois, on campe chez Valérie, la mère de ton copain Victor, qui nous a proposé de nous héberger pendant que notre futur nid se bricolait. Fini le lit-canapé dans le salon. Finis les réveils en sursaut lorsque tu traverses la pièce pour attraper une compote dans la cuisine attenante ou te rendre aux toilettes. Fini le manque d'intimité pour nous deux, la confusion des corps et des espaces. J'ai remplacé notre maison de poupée par un appartement familial sous les toits dans la rue de ton école. Un vaste trois pièces bordé de fenêtres et baigné de ciel bleu qui nous redistribue comme un jeu de cartes. Un cocon avec deux chambres, deux territoires séparés par des murs, des portes, un couloir comme autant de frontières, mais dont les travaux ne m'ont pas épargnée. Les ouvriers ont disparu sans terminer le chantier et je sais que tu en as été choqué, découvrant ta mère incapable de se faire respecter, moins puissante que tu ne l'avais imaginée. Suis-je encore ton héroïne avec mes ongles noirs et mon exaspération pleine de plâtre et parfois de larmes cet été-là ? M'en veux-tu d'être restée à Paris tandis que tu galopes dans la campagne avec tes grands-parents ?

L'image a perdu ses couleurs mais pas ton visage mangé par ton sourire. On nous dit souvent qu'on a le même. Le même étirement lumineux, pommettes hautes bouche épaisse. Le même sourire mais pas les mêmes dents. Les tiennes sont alignées comme des petits soldats chanceux quand les miennes se balancent blanc beige d'avant en arrière entre mes lèvres. Tes yeux pétillent. Tu n'as pas l'air de te languir. Au téléphone, ta grand-mère me confie chaque soir son étonnement. Tu es devenu le roi des questions. Pourquoi les hélicoptères volent-ils moins vite que les avions ? D'où vient l'eau de la pluie ? Est-ce que la montagne peut s'écrouler sur la maison ? Tu veux tout savoir tout comprendre tout explorer. Pendant ce séjour en compagnie de tes grands-parents, tu appréhendes une autre relation. Tu adoptes de nouvelles habitudes. Tu emploies des expressions que tu ne connaissais pas. Tu parfais tes récitations. Tu fais des progrès en calcul. Tu joues au foot jusqu'à épuisement sur le terrain qui jouxte leur jardin. Tu as un besoin démesuré de te défouler, mais aussi d'expérimenter l'inconnu, espaces à défricher et à conquérir par ta seule curiosité loin de moi, tandis que je m'inquiète à distance. Ai-je eu raison de signer ce nouvel emprunt qui restreint notre niveau de vie et t'enracine désormais dans le sol de mon enfance pendant les vacances scolaires, tenu de suivre le rythme et les humeurs de ta grand-mère ?

C'est qu'on a des relations en montagnes russes, elle et moi. Même si on s'aime profondément. Ta grand-mère en veut à sa mère qui en veut à sa mère qui en veut à sa mère et je n'échappe pas à la règle. Enfant, j'ai connu toutes ces femmes aux yeux de cendre, petites mères criantes et écorchées, étourdies par leurs peines et leurs frustrations, et je sais mon hérédité lourde de colère sur cinq générations. La ressens-tu toi aussi lorsque tu es là-bas ? Tu as plusieurs fois assisté à nos confrontations et je me demande quelle empreinte elles ont laissé en toi. Es-tu parvenu à tisser avec tes grands-parents un fil qui échappe à mon ressentiment ? Est-ce que les critiques que j'ai parfois échangées avec ta grand-mère sans retenue sans respect, mots qui glissent et croche-pieds souvent regrettés, rebondiront plus tard dans ta bouche à mon égard ? Même si notre conflit à toi et moi ne sera pas fait du même bois, chacun son lien chacun son récit, tu porteras forcément mes blessures, mes attentes et mes tensions, les mélangeant à celles de ton père pour construire ta souche au sixième rang de cette lignée, et tout ce que j'aurai essayé de faire différemment, plus à l'écoute plus présente moins conventionnelle plus valorisante, n'y changera rien. On abîme toujours d'autres passés en voulant réparer le sien.

Tu rentres à Paris une semaine plus tard et je viens te chercher à l'aéroport. Au même endroit ou presque. À peine m'aperçois-tu que tu cours vers moi. Grandi. Dégourdi. Mais tandis qu'on attend ta valise face au tapis encombré d'histoires et de souvenirs, tu m'avoues soudain que tu es triste. Tu me racontes que le berger du village est décédé. L'événement t'a marqué. Igor, le chien de ta grand-mère paternelle, est mort le mois précédent, et ces disparitions en chaîne semblent creuser des tunnels inédits dans ta tête. Qu'est-ce que la mort ? Jusque-là, tu en avais une idée floue autant que réversible. Tu voulais savoir quand est-ce qu'on verrait Consuelo, ton arrière-arrière-grand-mère, lorsqu'on visitait sa tombe au cimetière. Tu affirmais que tu allais sauter par la fenêtre et atterrir sur le trottoir comme un superhéros. Mais cette année-là, tu réalises que tu es mortel. Et que tes parents le sont aussi, ricochet immuable. Tandis que tu me décris le frère et la sœur inconsolables de l'homme aux moutons, tu découvres les effets d'une séparation violente et définitive. Tu n'as désormais plus seulement peur du noir, du loup, des ogres, des monstres, mais aussi que la vie s'arrête. Une réalité qui te fait basculer d'un coup dans ce monde d'après que je redoute tant.

18

À quel moment un enfant cesse-t-il de regarder ceux qui l'ont élevé avec les yeux de l'amour ? À quel moment les voit-il comme des personnes à part entière, libérées de leur fonction, avec leur propre histoire, leurs désirs, leurs choix, leurs accomplissements ?

Tu as dix ans et un mois et tu écoutes la mère comédienne d'un de tes copains lire à voix haute mon premier roman dans la librairie de notre quartier. Il est sorti il y a trois jours et j'ai organisé une lecture suivie d'un verre pour célébrer l'événement. Sur la photo, tu es assis au pied de la scène improvisée en pantalon beige et chemise extra-blanche sur une chaise d'enfant jaune, les coudes posés sur tes genoux, le menton niché entre tes mains, et je me tiens debout à un mètre de toi, droite et intimidée, les bras croisés sur une veste de tailleur marine. Ce qui est émouvant, c'est que tu rougis, tomate pivoine, en entendant la comédienne dérouler le fil des pensées de mon héroïne qui s'inquiète de savoir combien de fois les passants qui marchent devant elle se sont emboîtés nus l'un dans l'autre. Sa voix pointue prononce les termes cul jouir queue plaisir et tu me jettes un regard incrédule. J'y vois un mélange de fierté et d'embarras. Devant l'assemblée ce jour-là, je ne suis plus seulement ta mère mais une inconnue capable d'écrire ça. Ces mots-là.

La comédienne poursuit sa lecture, enchaînant les pourquoi d'une adolescente en manque de père, mais comment peut-on faire confiance aux hommes s'ils finissent toujours par partir, et je m'empourpre à mon tour de ce que tu entends. De ce que j'exprime. De ce que tu ignores. Une part de mon histoire. Me liras-tu un jour ? Seras-tu curieux de mes pensées ? Voudras-tu découvrir la personne derrière la mère ? Ce n'est qu'en vieillissant qu'on se penche sur le vécu de nos parents, les tuant symboliquement en les démystifiant. Je m'y suis employée quand je suis devenue ta mère. Et quand je me suis mise à écrire. Ta grand-mère est l'héroïne courageuse de tous mes textes ou presque, partageant la lumière avec tes aïeules. Mais pas avant. Comme si le passé n'avait d'importance que lorsqu'on le lègue. Comme si on ne pouvait ouvrir les yeux, accepter l'envers du décor, nos réalités forcément éloignées, ronde bancale des interprétations, que lorsqu'on n'a plus besoin de fusionner.

Qu'éprouves-tu depuis plusieurs années quand tu me vois absorbée pendant des heures à mon bureau tandis que tu regardes la télévision ou joues dans ta chambre ? Es-tu jaloux de cette littérature qui, après la photo, m'accapare loin de toi ? Je crois que c'est à cet âge que tu proclames ferme et fort que tu n'aimes pas les livres. Puisque je les aime. Logique préadolescente. Ce qui ne t'empêche pas de dévorer quelques mois plus tard des séries. Harry Potter.

Puis Percy Jackson. Cherub. Rush. L'Épouvanteur. Dès que je le peux, je te glisse un roman entre les mains, premières gorgées, et si tu goûtes l'aventure, te projetant dans les habits du héros, je t'offre la tournée. Tu te retrouves alors avec six huit dix douze volumes de plus sur les étagères de ta chambre déjà bien fournies. Quel émerveillement de te voir happé par des mots à ton tour, parti à la conquête de ton intelligence par le pouvoir de ta curiosité. Quelle émotion de te voir suivre mes pas, cailloux blancs et ronds patiemment jetés dans ta forêt. Même si d'eux aussi, malheureusement, tu finiras par te détourner.

Dans la librairie, il y a foule. Dedans. Dehors. L'espace est exigu et certains invités entrent pour aussitôt ressortir, préférant écouter la lecture à l'air libre, un pied sur le trottoir et une cigarette à la bouche, tandis que je me trouble et me courbe et me ratatine, le dos collé contre une pile de livres d'Ingrid Betancourt, libérée quelques mois auparavant. Assis au premier rang, tu enregistres tout, à peine distrait par les gesticulations des uns et des autres. Jusqu'à ce que la comédienne s'arrête et que tout le monde applaudisse. Tu te relèves alors et me cherches avidement parmi les corps qui se rapprochent des verres et des bouteilles. Ton regard me harponne. Il me demande si c'est moi qui ai écrit ça. Il me demande qui est cette Lola dont je parle dans mon livre. Il me demande de l'affection. La confirmation que je suis toujours ta maman et que je ne me suis pas transformée sous l'enthousiasme de ces gens que tu ne connais pas.

C'est que ce jour-là, je t'échappe forcément. Je ne suis plus ta mère, une fonction, une évidence, mais un personnage vaguement public à la célébrité temporaire. Mon visage est placardé sur les affichettes qui ornent les murs. Un article de presse est scotché sur la porte d'entrée. Mon nom, ton nom, est imprimé sur la couverture blanche barrée d'un bandeau mat verni que la comédienne vient de refermer mais aussi sur la montagne de romans qui se dresse, victorieuse, sur la table près de nous. Que ressens-tu à cet instant ? Es-tu fâché de devoir me partager ?

Ce soir-là, presque tous mes proches sont venus. Il y a mes copines du quartier, ma bande de filles avec leurs fils. Il y a d'autres copains, des relations professionnelles, des voisins. Et il y a aussi d'anciens amoureux. Je les ai invités sans imaginer qu'ils se déplaceraient. C'est que j'ai repris mes explorations de célibataire quand tu n'es pas là une semaine sur deux. Te doutes-tu que je me sens à nouveau prête à remplacer ton père, recomposer une famille, maintenant que j'ai une chambre à moi, ce qu'il faut d'air et d'espace autour de nous ? Perçois-tu mes espoirs et mes déceptions, sans doute mes résistances et mes contradictions, lorsqu'un homme m'intéresse et que je t'abandonne pour une soirée ?

La libraire m'appelle pour que je signe un roman à l'une de ses clientes. J'en profite pour demander à ta nourrice de te raccompagner à l'appartement afin de te préparer à dîner et te coucher, mais tu t'y opposes farouchement. Tu veux rester avec moi. Participer à l'excitation du moment, ton nom sur des livres, ta mère la reine. J'hésite, puis me ravise. Sans états d'âme cette fois, je t'oblige à me quitter. Notre mue continue.

19

Tu as franchi la frontière. Tic tac. Tu as remonté la rue, emprunté le passage clouté, traversé la place, longé les boutiques, et posé un orteil dans la cour des grands. Même si tu es le plus petit. Tic tac. Ce matin, avec ton gilet à capuche rayé bleu rouge et ta mine dorée par l'été, tu es entré au collège. Fini le cocon de l'école primaire. Fini les visages connus, le tralala rassurant des journées jumelles, les parcours fléchés par ici par là. À partir d'aujourd'hui, tu t'aventures dans un autre quartier, foulant seul le trottoir, regard à droite regard à gauche. Tu n'as plus une maîtresse à l'autorité sucrée, mais un parlement de professeurs. Tu n'as plus une salle de classe avec ta place, ta chaise, ta table, tes affaires laissées le soir, mais tu chemines d'escaliers en couloirs avec ton cartable devenu sac, ta maison sur ton dos. Dans les coursives, tu n'es plus l'ancien, suivez le guide et faites comme moi, mais le minuscule qui ne sait pas. Mouvement perpétuel. Tic tac. L'heure tourne.

Pour célébrer ta rentrée au collège, je t'ai donné rendez-vous dans un restaurant japonais, à mi-chemin de l'appartement et de ton établissement scolaire, et c'est là que je nous photographie. Toi et moi sur la banquette en skaï rouge près de l'aquarium. Toi et moi ce mardi 6 septembre à midi quarante-neuf. Retentissez, sirènes. Tu as onze ans et demi et tu es passé de l'autre côté du miroir. Ce matin, j'ai accompagné un petit garçon, excité bien que légèrement inquiet, cheveux lissés, tee-shirt rentré sagement dans le pantalon, et c'est presque un jeune homme qui vient de s'asseoir près de moi. Ta frange rebique sur tes tempes, ondulée d'une nouvelle énergie. Ton jean a la ceinture relâchée de trois crans et te tombe sur les fesses, révélant les motifs bateaux soleils nuages de ton slip. Les lacets de tes baskets sont défaits et les embouts bizarrement coincés à l'intérieur. Le soir même, tu poursuivras ta métamorphose en exigeant que je t'achète fissa des caleçons. Je me souviens avoir eu un pincement au cœur en te voyant pousser la porte vitrée du restaurant, balancer ton sac à dos au sol, puis tirer ta chaise en clamant que tu avais cours dans une heure et que tu avais donné rendez-vous à un copain sur le boulevard juste avant. Où est passé mon fils ? Pourquoi es-tu si pressé de devenir un adolescent ?

L'image est cadrée de près par l'appareil que je tiens à bout de bras. Nos yeux sont écarquillés comme flashés au réveil de ton enfance, trop courte nuit. Nos peaux brillent et le grain de beauté qui s'est récemment étendu sur ta joue gauche perce ton profil d'un éclat singulier. On est là parce que j'ai voulu marquer ton passage dans le monde des grands. On est aussi là parce que j'ai décrété qu'on irait au restaurant japonais à chaque premier jour de rentrée.

Un rendez-vous qui deviendra rapidement hebdomadaire voire bihebdomadaire les semaines de bonne humeur ou de paresse cuisinière. Est-ce que ton engouement pour les sushis au saumon date de ce jour-là ? Je ne sais pas. Mais tu en concevras bientôt une véritable passion qui ne te quittera pas. Encore aujourd'hui, tu en avales des quantités monstres dès que tu le peux et, à chaque fois, tu en nourris une joie espiègle qui me ravit. Il y a des choses qui ne changent pas.

Ce matin, après avoir attendu avec ton père dans la cour de récréation que le proviseur en nœud papillon t'attribue ta classe, je t'ai proposé de me retrouver pour le déjeuner puisque la cantine n'était pas encore ouverte. Tu as dit oui et j'ai enchaîné les injonctions élémentaires. Surtout, prends ton temps en marchant dans la rue. Aucune raison de sprinter comme Usain Bolt. Tu n'es pas aux championnats du monde d'athlétisme. Le risque d'être en retard, affamé, ou même plus tard collé par un professeur, est moins important que ta sécurité. Et n'hésite pas à demander ton chemin à un passant si tu es perdu ou si tu as besoin d'aide. N'aie pas peur de parler aux inconnus. L'autre n'est pas un ennemi par principe mais un allié. Je te l'ai toujours répété. On est plus fort à plusieurs. Comme dans une course de relais, on va plus loin. Mais tu as soupiré que tu n'étais plus un bébé et je me suis tue. Tu n'es ni invincible ni omniscient, mais je dois te faire confiance.

Je n'étais pas rassurée pourtant tout à l'heure, accoudée seule à la table du restaurant, fixant, étourdie, les adolescents qui longeaient la vitrine en t'attendant. Tic tac. J'avais passé la matinée à éditer des photos, puis m'étais précipitée pour te retrouver mais il était midi trente-cinq, quarante, quarante-cinq, et tu n'étais toujours pas là. Tic tac. Où étais-tu ? Tic tac. Ça se confirmait, je ne contrôlais plus l'heure de tes sorties, la direction de tes mouvements, l'espace, le temps. Était-ce le signe éclatant que tu avais grandi ? Tic tac. Pendant que chaque minute écoulée martelait ma poitrine, je m'étais souvenue que le mot parent avait la même étymologie que le mot séparation. Pire. Le mot parent était inclus dans le mot séparation. Tous les deux venaient du latin *parer* qui signifiait mettre au monde. Avec le préfixe « se » marquant la coupure, la se-paration impliquait la coupure avec ceux qui ont mis au monde. Une injonction originelle inscrite au cœur même de ma fonction, petite piqûre de rappel. Face au bocal rectangulaire pailleté de poissons rouges, j'étais donc un parent qui devait accepter que tu te coupes de moi. J'espérais quand même qu'on ne se disputerait pas trop dans la manœuvre. J'espérais qu'on ne s'inventerait pas des conflits, poussières explosives, pour justifier ce mouvement inévitable. Car ton entrée au collège ce jour-là projette aussi cette ombre mélangée aux cris et aux rires des enfants dans la rue. La peur de l'irrémédiable. L'angoisse de te voir t'éloigner pour ne plus jamais revenir. Tic tac. Heureusement, tu as fini par débouler et j'ai repris une respiration normale, des couleurs aux joues, ma place de maman.

Le serveur vient noter notre commande et tu te dépêches de lui indiquer tes deux menus saumon préférés, pourquoi choisir, tandis que je te questionne. Comment est ton professeur principal ? Aimes-tu l'anglais ? As-tu réussi à ne pas te perdre dans les étages ? As-tu retrouvé des copains de l'école primaire ? À chacune de mes interrogations, tu réponds en détail. Pendant encore quelque temps, j'aurai ce plaisir confiant de t'entendre me parler de tout, de tes bêtises, de tes amis, de tes trouilles, de tes envies, sans crier au flicage. Sans te fermer, huître sous coquille. Même si cela ne durera pas, ça non plus.

Car au cours des mois qui suivent ce déjeuner, tu te transformes encore. Des coins secrets apparaissent dans tes pupilles. Des creux sur ton visage. Un froncement imperceptible et régulier du nez. Un durcissement discret de la mâchoire. Malgré ton obligation de rentrer droit illico à l'appartement après la fin de tes cours ou en l'absence d'un de tes professeurs, tu prends la tangente dès que tu le peux. Tu te bricoles de nouveaux espaces de liberté en t'attardant avec des copains devant le collège ou en marchant comme une tortue dans la rue et est-ce qu'il est possible de ralentir plus encore les aiguilles qui tournent à ton poignet ? Un comportement qui m'incite à t'offrir un téléphone portable contre l'avis de ton père qui te trouve trop jeune et refuse de céder à l'appel du troupeau. Tu ne te fais pas prier pour empocher l'objet, fragile fil que je noue à ta patte folle. C'est que je veux bien rallonger le cordon, mais pas encore le couper. Je veux bien te permettre de t'échapper plus loin plus longtemps, mais pas question de nous abandonner déjà sans filet toi et moi. Ce qui ne t'empêche pas de commencer à me raconter des histoires.

Tous les enfants racontent des histoires. Ils se les racontent à eux-mêmes mais aussi aux autres qu'ils tentent d'embarquer dans leurs wagons. Te souviens-tu de ces moments de flottement, impasses ou évasions, quand tu t'essaies maladroitement à l'exercice ? Je ne sais pas encore que c'est un signe de bonne santé psychologique lorsque cela ne compense pas un manque de confiance en soi. Je ne sais pas encore que les enfants ont besoin de ces affabulations pour s'affirmer comme des êtres libres et mystérieux. Dessiner leur territoire. Prendre de la distance avec leurs parents. Je ne le sais pas et je me fâche, choquée et déçue. Je sermonne. Je punis. Car j'y vois une faiblesse de ta part. Une mauvaise éducation de la mienne. Sans comprendre à cette époque que ma colère outrée, tressée d'un vague sentiment de trahison, n'est sans doute là encore qu'un refus de te voir échapper à ma toute-puissance de maman.

Ce qui est sûr, c'est que notre relation change imperceptiblement de relief cette année-là. Un combat presque physique s'amorce. Je viens vers toi et tu m'esquives, olé torero. Ta main se dérobe quand on marche dans la rue. Nos instants de fusion s'espacent. Tu refuses une fois sur deux que je m'asseye à côté de toi pour t'aider à faire tes devoirs. Tu ne m'embrasses plus au réveil. Le soir, je m'attarde encore pour te dire au revoir quand tu es couché, dépôt du livre ou du jeu, bisou, extinction des feux, mais tu évites mes lèvres au moment de partir au collège le matin ou quand je te dépose en voiture. Droit dans ton corps en mutation, tu me dis à tout à l'heure. Tu me souris. Tu disparais. Adoptant l'attitude de ta grand-mère dans les bras de laquelle j'ai regretté de ne pouvoir me jeter, un pas en arrière, évitons les effusions, j'essaie de ne pas t'alourdir de mes caresses. J'essaie de respecter ton évolution, ton caractère, ta pudeur. Ton corps qui a besoin de s'éloigner de moi. Mais l'angoisse de notre séparation irréversible pointe. Tic tac.

20

Mon cœur bat. Vite. La chamade. Drapeau blanc. J'ai trente-huit ans et depuis que je vis seule avec toi, depuis presque dix ans jour pour jour, c'est la première fois. Debout sur la place Jemaa el-Fna, le visage hâlé, les cheveux blondis agités d'une nouvelle liberté, l'œil brun joueur aguicheur, la bouche écarlate criant ma joie et ma confiance et mon espoir, je pose avec toi sous le regard d'un homme qui m'électrise. Je suis à nouveau amoureuse. Que ressens-tu tandis que je crève le cadre de mon bonheur insolent ? Les deux mains enfouies dans les poches de ton pull gris imprimé d'un ours pixelisé, une paire de fausses Ray-Ban accrochée à l'encolure, les deux pieds plantés dans des converses mal lacées, tu as l'air nonchalant de celui que rien n'étonne, à peine ébloui par le soleil marocain, tandis qu'un autre enfant s'élance en brandissant un serpent en bois. Il a quatre ans de moins que toi et est habitué à être au centre de l'attention. Lui non plus ne sait pas comment trouver sa place sur la photo, je crois.

Je fréquente Éric depuis quatre mois, cheminant le week-end entre Paris et Strasbourg où il vit, quand on décide de partir en vacances avec vous. On s'était déjà séduits sans lendemain deux ans auparavant, mais cette fois, les matins avaient succédé aux nuits, battez tambours, et le lien s'était noué. Passées mes résistances, j'avais aimé la couleur de l'air près de lui. La manière dont nos goûts et nos corps s'entortillaient. J'avais adoré découvrir le monde des séries télé, vingt-quatre heures chrono encastrées sous une couette et qu'allait-il advenir après ? Pique-niquer japonais sur la moquette de sa chambre d'hôtel quand il venait à Paris. Faire l'amour à l'endroit à l'envers, sur un parquet ou sur un toit. Cuisiner des poulets rôtis en buvant du gigondas. Se raconter nos noirs et nos dégradés. Plus que tout, j'avais été touchée par sa façon de me réconcilier avec mes fragilités. Si fièrement moi dans son regard. Jamais je n'avais ressenti ça auparavant.

Sans l'anticiper, je vous avais présentés par hasard lors d'un vide-greniers auquel je participais dans notre quartier. Tu passais le week-end chez ton père mais tu étais venu me voir sur mon stand et Éric était là pour quelques jours, copain parmi d'autres dans la foule joyeuse. J'en avais profité pour te demander de le guider jusqu'à la cave de notre immeuble afin de récupérer deux tabourets dont je voulais me débarrasser. Mais à peine éloigné, tandis que je vous observais marcher de dos sur le trottoir, émue quand même, me disant que quelque chose était peut-être en train de nous arriver, tu n'avais perdu ni ton esprit ni ton temps. Tu avais voulu savoir s'il était mon amoureux. À son oui surpris mais franc, ta bouche s'était paraît-il élargie. Quand vous étiez revenus, tu t'étais empressé de m'informer, frissonnant de curiosité, qu'il était gentil, mon nouveau fiancé. J'étais restée sans voix. Creusant ton regard de mon anxiété, j'avais attendu que tu répètes. Ta parole comme une permission, une validation, une bénédiction. Était-ce bien vrai que tu le trouvais sympa ou ne t'y obligeais-tu que pour me rassurer ? Me donnais-tu le droit de m'attacher à un autre ? Comme dans un tribunal, j'avais retenu mon souffle, oubliant ma position d'adulte, la responsabilité de mes choix, l'assurance de mes désirs. Comme si tu savais ce qui était bon pour moi, je m'étais soumise à ton autorité, rendue à ta puissance de petit homme, magicien capable de confirmer ou de rompre l'enchantement. Notre passé avait défilé silencieusement jusqu'à ce que tu répondes. Oui. Puis tu avais esquivé le trop-plein d'émotions en te détournant brusquement pour rejoindre un de tes copains. Voilà. Tu n'étais plus le seul à faire battre mon cœur. Éric était là.

La photo a des couleurs vives et un ciel sans nuages. J'ai le bras tendu vers son fils, la main accrochée à la capuche de son sweat que j'essaie d'attirer vers nous, tandis que tu restes droit, tourné vers l'appareil, légèrement déhanché. Que se passe-t-il dans ta tête à cet instant précis ? Tu as onze ans et onze mois et tu es en pleine puberté. Tu te cherches. Partout. À chaque instant. Tu te compares. Tu te questionnes. Comment vis-tu cette nouvelle configuration ? Pour la première fois, tu me vois avec un homme. Embrasser un homme. Marcher main dans la main avec un homme. Dormir avec un homme. Regarder un homme de manière équivoque. Tu n'as aucun souvenir de ton père et moi enlacés et m'observer aimer un autre que toi doit forcément te déstabiliser. Même si tu ne me le montres pas.

À la différence du fils d'Éric, tu ne sembles pas être de ces enfants qui imaginent garder leurs parents en envahissant leur vie d'adultes. Non. Toi, tu as envie que je sois comme les autres mamans. Accompagnée. Tu as envie d'avoir un beau-père, une maison vivante et habitée, mais pourquoi le silence enferme-t-il si souvent une mère célibataire et son enfant dans ses filets ? Fils pourtant unique, tu renonces sans difficulté à être le centre de mon univers et en ouvres les portes à Éric. Facile à vivre, adaptable, conciliant. Comme si tu ne voulais surtout pas être un obstacle. Encore aujourd'hui, je ressens une immense gratitude à ton égard. Tu accueilles Éric avec simplicité. Et dès ce premier jour de vacances au Maroc, tu t'ingénies à attirer son attention.

Je découvre qu'en dépit de ton jeune âge, tu as souffert de ma solitude. Tandis que ton père avançait, aimé, aimant et procréant, je suis restée immobile, convaincue d'exister puisque j'écrivais et photographiais, sans voir que cela te pesait. Mon amour était-il si lourd à porter ? M'as-tu imaginée mal aimable, sans sentiment sans désir, poupée défectueuse au vice caché, comme je l'ai parfois moi-même cru ces dernières années ? As-tu été gêné face à tes copains ou à leurs parents qui ont dû te questionner ? Non, ma mère n'a pas de mec. En plus d'être un enfant de parent divorcé, t'es-tu senti isolé par mon incapacité à être en couple comme tout le monde ?

Dans notre dos, la foule des touristes déambule entre les vendeurs d'épices et les charmeurs de serpents. Éric nous propose d'aller fureter dans la caverne miroitante d'un vieux Marocain buriné. Il achète une peluche à son fils et t'incite à choisir l'un des bracelets en cuir que tu tripotes avec envie. Émerveillée, je scrute ses moindres gestes. Éric vous offre un cadeau à chacun. Éric vous appelle pour vous montrer le dromadaire surmonté d'un bonnet vert qui traverse la place. Éric vous tend la bouteille d'eau en sortant de l'échoppe, il faut que vous vous hydratiez les enfants. Éric se dandine comme un pingouin et vous raconte n'importe quoi en se bouchant le nez pour vous faire rire. Quelques heures plus tard, après avoir somnolé dans le taxi qui nous conduit à Essaouira, Éric improvise un match de foot sur la plage, tandis que je vous encourage, allongée sur le sable. Dans le restaurant où on s'arrête dîner, Éric inaugure un concours de lancer de pois chiches, 1, 2, 3 ouvrez la bouche. Dans notre chambre d'hôtel, Éric branche son téléphone sur haut-parleur et initie un quiz musical. Les réponses fusent. Michael Jackson. Queen. Les Rolling Stones. Joyeux et excité, tu sembles trouver ta place au milieu de ce rituel père-fils que tu t'appropries sans peine, désireux de faire partie du clan, tandis qu'un amour infini pour toi me submerge. Tant de vœux exaucés. Tant de rires entre nous. Promesses de bonheur fou.

Dès le lendemain, je suis son exemple et m'exerce au rôle d'adulte responsable de deux enfants. Je vous tartine à tour de rôle de crème solaire sans distinction. Je vous tends vos casquettes gilets lunettes avant de sortir. Le soir, je vous accompagne dans la ronde habituelle, pipi, les dents et au lit, et vous borde, partageant mes caresses, un mot pour chacun. Fière de former à nouveau une famille, je m'occupe de ce deuxième enfant que je n'ai pas eu avec fougue. Mais je me découvre également au contact d'Éric qui me redéfinit de son regard amoureux. J'invente des jeux sur les nappes en papier. J'adopte une mouette, Capitaine oh mon Capitaine, qu'on nourrit tous les matins au petit-déjeuner. Le mois suivant, je nous prends des places pour encourager les Bleus contre le Japon au Stade de France. Entre deux virées en amoureux à Madrid et à Venise, j'organise nos vacances d'hiver à quatre dans la maison pyrénéenne de ta grand-mère puis celles d'été en Tunisie. Je m'investis. Je me projette. Mais à tes yeux, je me transforme aussi, forcément.

Car cette année-là, en plus de me révéler mère nourricière et protectrice de deux enfants, je redeviens une femme sexuée. Je me souviens à nouveau que j'aime les hommes. Je me souviens que j'aime séduire. Je ne suis pas juste cette maman sans vagin sans jouissance qui t'a tenu la main jusqu'ici. Je sais qu'il est bon que tu en prennes conscience pour désirer plus tard sans idéaliser. Je l'ai lu, entendu, relu, réentendu. Oui, mais. Le savoir ne m'empêche pas d'angoisser. Te sens-tu trahi ou n'attendais-tu que cela pour t'éloigner encore de moi ? Mon histoire fusionnelle avec Éric précipite-t-elle définitivement la fin de la nôtre ?

21

On naît plus ou moins anxieux, plus ou moins fragile, plus ou moins curieux. Et plus ou moins proche de ses parents. Affinités subjectives. Part inexplicable. Histoire unique. Tu as toujours été indépendant mais proche de moi. Tu as toujours partagé tes émotions et deviné les miennes, assuré d'en être le principal agitateur depuis ton plus jeune âge. Sauf que désormais, tu n'es plus le seul à galoper dans mon cœur. La passion nourrie de pics et de creux que je vis, exacerbée par mon désir de créer une nouvelle famille, entre en collision avec tes propres soubresauts hormonaux, et tout change cette année-là.

On est en week-end à Strasbourg lorsque Éric t'emmène jouer au foot avec son fils. Assise sur la barrière métallique qui borde la pelouse municipale écrasée jaune vert marron, je ne vous quitte pas des yeux. Vous avez abandonné vos blousons à mes pieds, un peu de vous qu'il m'incombe de veiller, et êtes en train de vous emmêler les baskets en courant. Je suis chacun de tes mouvements à travers mon boîtier comme si c'était une caméra. Je guette l'instant où vous serez tous réunis autour du ballon pour vous prendre en photo. Je traque tes cris enthousiastes, tes essoufflements mâtinés de plaisir, l'espoir de te voir heureux. Que perçois-tu de cette famille qui se recompose ? As-tu conscience de mon désir de nous cimenter un jour dans cette ville, toi et moi ?

Lorsque j'appuie sur le déclencheur, Éric est allongé en travers de la cage, tandis que son fils et toi vous moquez joyeusement de lui. Penchés au-dessus de son corps de géant, vous le toisez d'un sourire conquérant. Les enfants ont gagné contre l'adulte. Le fils d'Éric a récupéré entre ses mains le ballon gris assorti à son jogging, et tu es debout près de lui, jean foncé, sweat à capuche rouge, cheveux ruisselants. Couché sur le dos, les bras en croix, Éric est hilare. Vous avez l'air content, tous les trois. Même si pour toi comme pour moi rien n'est simple.

Car aimer follement un homme ne signifie pas qu'on l'aimera dans son rôle de parent. Ni qu'on aimera son enfant. Ni qu'il aimera le nôtre. Ni que nos enfants se sentiront aimés. La réalité, c'est qu'on doit tous apprendre à se partager. Crains-tu de perdre mon amour ? Forcément, je te porte moins d'attention. Absorbée ou distraite, je passe la semaine accrochée à mon téléphone en guettant les appels d'Éric. Lorsque tu rentres du collège le soir, je ne te questionne plus comme avant. Je lis des livres sur les familles recomposées. Je collectionne des recettes de pizzas et de plats XXL. Je me tiens au courant des matchs de tennis, de foot, de basket. J'attends avec impatience le week-end pour nous précipiter tous les quatre sous un même toit et me rapprocher du fils d'Éric. Je veille à ne pas faire de faux pas, une remarque maladroite, un jugement voilé, une comparaison idiote. Je bâillonne nos habitudes. Et je te demande de t'adapter. Je te demande d'abandonner tes réflexes d'enfant unique pour te fondre dans le groupe. Doutes-tu alors de ta capacité à retenir mon intérêt, petite main oubliée dans le brillant de l'horizon ? Te sens-tu relégué au placard, toi qui es devenu au fil des ans l'homme de notre maison, occupant l'infini de mon temps et de mon espace ?

Sur l'image, le ciel a la couleur de l'ardoise. Vous avez le visage barbouillé de terre tourné vers Éric, tandis que je vous encourage. Bien que tu aies douze ans et neuf mois, je t'appelle encore mon chou à cette époque et ai commencé à affubler pareillement le fils d'Éric pour ne pas faire de différence. Mon chou, ça veut dire mon enfant, mon chéri. Un nom intime qui raconte l'attachement, l'affection réelle ou désirée, le pont tendu entre les rives. Il affiche aussi mon envie de vous rassembler tous les deux sous une bannière, frères de contexte. Tandis que l'orage déforme les nuages, tu t'empares du ballon et reprends ta cavalcade, suivi par ton coéquipier qui t'implore de lui faire la passe. Au-dessus de vos crânes, l'air se gorge bientôt d'eau et avec Éric, nous décidons d'une même voix, famille unie, de rentrer. Lorsque tu te couches ce soir-là dans la chambre aux deux matelas posés à terre, tu sembles satisfait. La journée a été bonne. Il y a eu le foot, deux buts à un, match gagnant. Il y a eu le cinéma et les pop-corn. Il y a eu les sushis à volonté. Il y a eu la musique à fond dans la voiture et qu'est-ce qu'on rigole. Mais à peine refermons-nous la porte sur vos deux lits que l'eau dormante du conflit se remet à couler. Des cris éclatent dans l'obscurité. Arrête de faire du bruit. Tu m'as piqué mon oreiller. De toute façon, je vais le dire à mon père. Ferme-la, minus. T'es pas chez toi ici. Les peurs se réveillent à l'horizontale. Assis dans le salon, Éric et moi ne bougeons pas. Pas question de donner raison à l'un ou l'autre, débrouillez-vous. Mais un moment plus tard, l'acide de ta colère chemine jusqu'à moi, jeu de noir et de beige, camaïeu de gris grossiers, et je me décide à intervenir. Sauf que je le fais en défendant le fils d'Éric. Parce qu'il est plus petit. Parce que devant mon amoureux, je voudrais que tu sois parfait. Parce que je voudrais être parfaite. La peur que mon homme me quitte si je ne réussis pas à me faire accepter par son fils alterne avec la culpabilité que j'éprouve à m'occuper d'un autre enfant que toi et tout se mélange. Je suis injuste. Et je provoque parfois malgré moi un sac de nœuds. Moi non plus, je ne sais pas comment prendre ma place sur la photo.

22

Tu ne cilles pas. Planté au beau milieu du salon, entouré de Samuel, ton nouveau copain du collège, et de Maurice et Clément, tes amis du quartier, tu me fixes avec cet air de défi qui aiguise désormais souvent ton regard. Tu as treize ans et, quelques jours auparavant, tu m'as demandé la permission d'aller à ta première boum. Je ne m'y attendais pas. Tu me l'as annoncé en te raidissant, le menton relevé, prêt à combattre mes objections jusqu'à ce que mort s'ensuive. Le soir ? ai-je répété, espérant avoir mal entendu, gagner du temps, remonter à la source du fleuve, ton corps emmailloté entre mes bras. Oui, maman. Une fois digérées les précautions d'usage, appel des parents et promesse craché juré qu'il n'y aura pas d'alcool, les discussions pour ou contre avec mes copines, sans oublier les critiques de tes grands-mères, étranglées par leurs projections d'une autre époque, tu es inconsciente de le laisser sortir avec tout ce qui arrive, j'ai rendu les armes. J'ai prévenu Éric que nous ne viendrions pas à Strasbourg ce week-end et nous sommes restés à Paris pour te laisser grandir. Même si je n'en mène pas large.

L'image est floue. Vos quatre visages d'enfants fiers et excités semblent vaciller sur le papier. C'est que je frémis moi aussi derrière l'appareil, dissimulant mon vertige et mon anxiété et mon effroi sous ma bonne humeur. Vous êtes habillés et parfumés, baignés de sueurs d'hommes dans des corps de garçons pressés, et je vous ai proposé de prendre la pose devant l'affiche du film *Blow Up* d'Antonioni qui orne le mur de briques de notre appartement. Vanessa Redgrave y est imprimée grandeur nature, allongée couchée offerte, et la sensualité âpre de la scène jaillit sur vous. On dirait que j'immortalise un groupe de rock. Pour l'occasion, tu m'as emprunté un blouson en cuir noir et tu me regardes, soleil aux lèvres, dos à dos avec Clément qui te dépasse d'un bonnet assorti à ses Vans. Vous portez tous les quatre la même marque de baskets déclinées en bleu gris rouge vert comme s'il s'agissait d'un accessoire obligé sous les jeans usés. Comme si vous deviez forcément vous ressembler pour vous rassurer.

Car tout se modifie pour toi. À commencer par ton corps. Entre aujourd'hui et tes seize ans, tu vas grandir d'environ vingt centimètres. Si j'en crois les médecins, c'est d'abord ton nez et tes pieds qui vont s'allonger, puis tes jambes, tes bras, ta colonne vertébrale. Et enfin tes épaules et ton thorax. Comme de la pâte à modeler, des morceaux de toi sont en train de muter et j'assiste, impuissante, à ces transformations qui me volent mon enfant. Des boutons blanc rouge se disputent tes joues, tes sourcils et tes tempes, même si tu échapperas par chance à leur multiplication ainsi qu'à l'appareil dentaire. Un duvet blond pointe sur ton menton que tu veux raser. Je ne sais pas si c'est une bonne idée et ai tenté d'interroger en vain ton père. N'est-ce pas un peu tôt ? Ta barbe n'en sera-t-elle pas plus drue ? Ta peau de bébé supportera-t-elle la morsure de la lame ? Mais le lavabo pailleté ne me laissera bientôt aucune illusion. Ni les poils aperçus sous tes bras tout à l'heure, lorsque tu es sorti de la salle de bains, une serviette enroulée autour de tes hanches pudiques. Entêtant, un relent de déodorant flottait dans le couloir comme après le passage d'Éric et cela m'a déstabilisée. J'ai ouvert la fenêtre et je me suis efforcée de me réjouir. Au moins, tu t'étais lavé.

C'est que ce n'est plus une habitude pour toi, cette année-là. Pas parce que tu veux rester sale, mais parce que tu entretiens un rapport compliqué à ton corps, je crois. Tu n'as pas envie de séduire au quotidien. Pas envie de te voir nu, vermisseau aux formes incongrues, dans les miroirs. Je ne sais pas si tu esquives ainsi la peur de l'avenir, cet inconnu que tu découvres dans le reflet, ou l'excitation sexuelle qui revient en fanfare. Trouves-tu ta nouvelle silhouette si déroutante que tu aies besoin de l'éviter, autruche en son zoo ? À moins que tu cherches à garder ton odeur animale, abrité dans ton corps comme dans une grotte, pour te convaincre que rien ne bouge. Mais à constater le nombre croissant de nos disputes à ce sujet, je t'avoue que je me demande aussi si ce n'est pas pour me repousser. Comme le bordel qui s'agglutine dans ta chambre, d'ailleurs. Ton parquet est désormais jonché d'habits sales, de baskets aux semelles noires puantes, d'affaires scolaires cornées, et de toute une colonie de mouchoirs usagés, curieux champignons en recrudescence, que je dois franchir pour t'apporter ton linge propre, sans que tu envisages de me faciliter le chemin. Pourquoi le ferais-tu ? Tu n'as eu aucune honte à inviter tes potes dans ce décor cet après-midi. Aucune honte à les voir enjamber la pizza que tu as réchauffée en mon absence il y a quinze jours et laissée moisir à demi rongée près de ton lit depuis. Tu ne te prives pas de me rappeler que ta chambre est ton domaine, territoire soumis à ta seule loi, et que je n'ai qu'à rester à l'extérieur si le désordre me dérange.

Tandis que vous jouez des coudes devant mon objectif, je vous guide comme je dirigerais des acteurs en séance photo pour un magazine. Je vous incite à vous redresser, enrouler les épaules en arrière, écarter les jambes sans fléchir les genoux, suivre mon poing afin que je valide une position de tête, une énergie, une histoire. Je recule d'un pas et vous apostrophe. Pouvez-vous relever le menton et vous rapprocher les uns des autres s'il vous plaît ? Maurice, arrange ta chemise et penche-toi sur le côté en fermant ta bouche. Samuel, croise tes bras tranquillement. J'ai dit tes bras, pas tes pieds. Vous vous exécutez en pouffant, jetant discrètement un regard aux autres pour vous assurer de ne pas vous prendre trop au sérieux malgré l'envie qui affleure, et je souris. L'impression fugace de vous saisir au bord du précipice. Mais à peine ai-je posé mon boîtier que vous disparaissez comme une volée de perdreaux dans ta chambre. Je reste seule dans le salon à écouter vos mots qui filtrent sous ta porte au bout du couloir. Hé mec, t'as vu mon blouson ! Putain, y a Solange qui vient ce soir avec deux copines de Jules Ferry. Ça hurle. Ça se bouscule. Tu emploies des termes que je ne connais pas et c'est comme si tu me rejetais un peu plus, rompant avec ta langue maternelle pour te créer ta syntaxe à toi. J'entends ta fenêtre qui s'ouvre, des coups de pied bam dans le placard dont tu as décroché le battant un jour de colère, des cintres qui dégringolent au sol, une chaise qui se renverse. Je me précipite et frappe sans entrer. Doucement là-dedans. Les voisins vont se plaindre. Mais personne ne me répond.

Quelques minutes plus tard, je vous embarque en voiture et vous conduis, radio à fond, Pharrell Williams happy, Stromae formidable, dans le neuvième arrondissement de Paris. Le mois prochain, fin d'année oblige, ce sera dans un loft du canal Saint-Martin. À chaque fois, tu auras la même remarque. Les appartements de tes amis sont plus grands plus beaux plus riches que le nôtre et je ne saurai quoi te répondre. Le père de l'un est producteur de cinéma. La mère de l'autre achète et vend des entreprises. Première conscience de classe de ta part qui me renvoie à mes origines, même si tu assènes la même rengaine à ton père qui habite un vaste duplex avec chambre de service. On n'est pas aussi bien lotis que les parents de tes copains. On compte. Surtout moi, je crois. Je compte. Sans m'en apercevoir et malgré le ciel qui me sourit, je te fais partager mes angoisses du lendemain, l'irrégularité de mes piges liées à la liberté que j'ai pourtant choisie. Je n'arrive pas à te dire non, en te signifiant simplement ma volonté, mes désirs, mes arbitrages, mes paris sur l'avenir, et t'oppose à la place une fausse incapacité. Non, je ne peux pas t'acheter cette paire de baskets siglées d'une virgule. Je n'assume pas mon rôle de parent qui pose ses limites, et m'empare d'une raison extérieure, le manque d'argent, pour te dire non. Une erreur stupide qui te donnera longtemps un sentiment d'insécurité.

Des embouteillages nous retardent. Tu as pris place sur le siège près de moi, vitre descendue mèche au vent, et tu t'impatientes en augmentant le volume de la radio qui diffuse un tube de Maître Gims. Tu redoutes d'arriver en retard et sors ton téléphone pour vérifier que Solange et ses copines sont bien en route. Maurice, Clément et Samuel renchérissent dans ton dos, avant de faire une blague que je ne comprends pas. Dans le rétroviseur, je les scrute. Qu'espèrent-ils de cette fête ? Qu'attendez-vous, tous les quatre ? Crevez-vous d'envie d'embrasser une fille ? Est-ce déjà fait ? Je sais que tu as déjà posé ta bouche sur d'autres lèvres, mais pas si vos salives se sont mélangées. Est-ce pour ce soir ? Il y a quelques jours, j'ai demandé à ton père de te parler de sexualité. Même si le sujet n'a jamais été tabou à la maison, je préfère que ce soit lui qui s'en charge pour que tu puisses lui glisser toutes ces questions dont je ne ressens pas les réponses dans mon corps. L'as-tu observé se comporter avec sa nouvelle compagne ? Quel modèle de virilité, tranquille ou triomphante, assumée ou subie, tendre ou tranchante, t'a-t-il transmis ? Et quel regard sur les femmes ? L'œil noir qu'il pose sur moi, déformé par la lentille de son ressentiment, t'a forcément atteint d'une manière ou d'une autre. Tout comme mon histoire avec Éric.

Car ma relation amoureuse m'épanouit autant qu'elle me déstabilise. J'accompagne Éric cette année-là dans le choix et l'achat d'un d'appartement qu'on rénove à quatre mains à Strasbourg et envisage de m'y installer à la rentrée avec toi. Repartir à zéro. T'inscrire dans un collège alsacien. Nous refaire des amis, un avenir, un quotidien. Sans savoir pour autant comment y parvenir. Incapable de rester fidèle à mes envies, mes pensées et mes principes, tout entière emportée par mes sentiments, je flotte, je m'emmêle, j'oublie mes besoins, je perds pied. Je ne demande pas à Éric quel rôle il souhaite tenir auprès de toi. Je ne lui confie pas ce que j'attends de lui, les contours de son implication à mon bras. Quoi que je fasse, je ne réussis pas à exister à ses côtés. Ni en tant que mère ni en tant que femme. Et en dépit de toute ta bonne volonté, tu n'y arrives pas non plus. Enfermés dans nos contradictions, nos blessures passées et nos exigences présentes, on se dispute beaucoup, lui et moi, à cette période. Il est grand et a une voix qui porte. Redoutes-tu ses éclats quand tu les entends, mes larmes pas loin ? Te sens-tu responsable de nos accrocs ? Est-ce qu'ils s'ajouteront à ceux vécus avec ton père, influençant ton propre comportement amoureux ?

Par la vitre, tu observes la ville défiler. On longe les décombres d'un immeuble d'où tu as sorti un chien errant blessé la semaine dernière alors que tu rentrais du collège. Pendant que je m'inquiétais de ton retard, tu as appelé la SPA et attendu l'arrivée d'un agent pour t'assurer que l'animal était en sécurité avant de quitter les lieux. Tu procéderas exactement de la même manière avec un clochard mal en point quelques mois plus tard. C'est que la révolution provoquée par la puberté ne touche pas seulement ton corps, mais aussi ton esprit. Ta pensée se fait plus indépendante et tu affirmes de nouvelles valeurs solidaires. Ton développement intellectuel se poursuit.

Quand je reviens te chercher à l'issue de la fête ce soir-là, tu as la mine rêveuse. Je tente de creuser mais tu te tais. Dans la voiture qui nous reconduit chez nous, quelque chose a changé. Une porte ferme ton regard. J'insiste bien un peu pour en apprendre davantage, m'assurer que tu n'es pas resté seul dans un coin, que tes copains sont bien rentrés chez eux, que les filles étaient drôles et belles, que tu n'as ni bu ni fumé, mais c'est peine perdue. Tu m'assènes que tu t'es amusé, oui, mais que le reste ne me concerne pas. Tu n'es plus un gamin et c'est ton jardin secret. Soit. Les semaines qui suivent, tu me le répéteras à tout bout de champ. Tu n'as plus besoin que je te fasse réciter une poésie ou t'explique une leçon. Tu auras des bonnes notes pour tes beaux yeux, pas pour les miens. Tu en as assez que je te rappelle ce que tu dois faire ou penser. C'est ta responsabilité. Ta vie. Pas la mienne. Qu'on se le dise.

23

Tu n'as pas une minute à perdre. Lorsque tu rentres du collège ce jour-là, j'ai les yeux gonflés et le visage bouffi, mais tu ne le remarques pas. Tu veux juste que je me dépêche pour qu'on ne soit pas en retard au match PSG-Real Madrid. Ton père n'aime pas le foot et, assise sur un canapé, un tabouret de bar ou des gradins, j'ai pris l'habitude de partager avec toi cette joie collective. Crier au rythme de ta cage thoracique. Évaluer la dextérité des joueurs, un coup franc ou un corner, une balayette dans un tibia, oh la la, carton jaune. Mais ce jour-là, je traîne les pieds. Lourde. Si lourde.

Car Éric m'a quittée. Enfin, je l'ai quitté. Après deux ans et demi d'une passion régulièrement cassée tordue reprisée, il a fui sans explication il y a huit mois, me laissant me ratatiner d'incompréhension, squelette asséché dans le désert, avant de réapparaître la semaine dernière, les bras palpitants et la mémoire courte. Sauf qu'après m'être frappé la tête contre les murs de nos souvenirs, j'ai ouvert les yeux et j'ai dit non. J'ai dit je vais devenir folle si on continue. J'ai dit coquille vide, égoïste, lâche, opportuniste. J'ai pleuré.

Sur la photo, tu brandis le drapeau bleu blanc rouge et je penche ma joue vers toi. Dans notre dos, on aperçoit une poignée de supporters en train de s'époumoner, et, plus loin encore, l'immeuble en briques tagué d'inscriptions polyglottes qui fait face au stade. Tandis que tu t'impatientes devant l'appareil que je braque vers nos deux visages, j'ai un sourire rafistolé. C'est que je broie du noir, insomniaque pour la première fois de ma vie. J'alterne les nuits sans matin sans couleur sans force et les journées sans horloge, brume douceâtre. Je guette les sursauts de mon téléphone, imaginant un retour en arrière, une pilule amnésique, un lavage de cerveau. Le cœur dévasté par mon chagrin, cet espoir déçu de couple et de famille, retour à la case départ, j'ai la sensation d'un immense échec. Tout ça pour ça ? Quel gâchis. Es-tu triste toi aussi de ne plus vivre avec Éric et son fils un week-end sur deux ? Ressens-tu mon désarroi avec ta sensibilité éponge pendant que tu tiens la pose d'un air distant, les sourcils dégradés de points noirs et de boutons rouges, et le visage creusé allongé mais où sont donc passées tes joues ? Me trouves-tu ridicule, tandis que j'insiste pour te prendre en photo, allez encore une s'il te plaît ? C'est devenu une manie. Dès que je le peux, je te mitraille sous toutes les coutures. J'attrape des bouts de toi, scrutant ta métamorphose pour retenir ton image à défaut de ta présence. Alors même que je devrais te lâcher au cœur de ton adolescence, accompagner ton indépendance grandissante, je change complètement d'attitude. Je suis à nouveau célibataire et je m'agrippe à toi. Même si je n'en ai alors pas conscience. Hasard du calendrier ou vases communicants, tu rencontreras ta première amoureuse quelques mois à peine après ma rupture.

Je range mon téléphone de peur d'être bousculée dans la cohue et te suis vers l'entrée du stade. Tu as remis tes écouteurs, un mur entre nous, et tu dodelines de la tête au rythme de NTM que tu chantes en boucle ces derniers temps, y compris le soir en faisant tes devoirs, jetant un œil à une leçon tout en envoyant un message. J'essaie de trouver un sujet de conversation pour que tu restes avec moi. Maladroitement, je te parle de mes projets, insistant sur mes succès pour me redorer à tes yeux. J'ai si peur de ne plus être ton héroïne que j'en rajoute. J'ai fait ci et ça. Des photos. Des articles. Je veux que tu sois fier de moi en dépit de mes tâtonnements que je ne parviens plus à te cacher. Tu as quatorze ans et sept mois et tu découvres les limites de ta mère. Un parent, c'est fait pour rassurer défendre encourager, mais je n'arrive plus à me faire confiance cet hiver-là. Tu me vois absente pendant des heures sur le canapé. Incapable d'utiliser toutes les fonctions de mon ordinateur ou de mon téléphone. Désolée devant un plat de lasagnes carbonisé. Tétanisée devant la chaudière qui fuit et où est-ce qu'on coupe l'eau dans ce fichu appartement ? Puisque je ne semble plus apte à tenir le mien, tu t'investis parfois d'un nouveau rôle. Tu prends soin de moi. Tu évites de me parler de ta vie chez ton père. Tu me demandes comment s'est passée ma journée. Tu ris de ma gaucherie, encore deux verres cassés aujourd'hui, ça tombe bien, tu les trouvais moches. Est-ce à cette période que notre relation s'est définitivement transformée et que j'ai perdu mon autorité sur toi ?

Tandis qu'on se faufile à nos places numérotées, face à la pelouse vierge de crampons et de transpiration, je m'efforce d'être enjouée. Je plaisante. Je commente tout ce que je vois, retenant ma tristesse à renfort de mots pour qu'elle ne dégringole pas sur tes épaules. Je meuble le silence, ce moment délicat entre nous, et te propose de nous acheter des frites. Et une bière pour chacun, qu'est-ce qu'il ne faut pas faire pour détendre l'atmosphère. Dans la file d'attente, tu remarques que j'ai le même pull à capuche et les mêmes converses qu'un gamin près de nous. Me trouves-tu idiote de m'habiller comme une jeunette que je ne suis plus ? Mes vêtements ressemblent-ils trop aux tiens, gommant la frontière entre nos deux générations ? Est-ce pour cela que tu voues depuis peu une passion aux jeans troués décolorés que je t'ai confié détester ?

Le vendeur te tend ton gobelet et t'apostrophe comme si je n'étais pas là. Comme si tu n'étais pas un enfant avec une permission exceptionnelle de boire de l'alcool. J'interviens en te rappelant d'avaler lentement ta mousse. Mais tu le prends mal. Tu m'écartes aussitôt froidement. D'enthousiaste, tu deviens querelleur. Ton humeur change d'un coup, alchimiste égaré, et tu te mets à me parler avec distance. Tu me traites de rabat-joie, de grotesque, de flippée. Les joues en feu, je tente de rétablir notre harmonie, mais tu me demandes de me taire. Tu ne veux pas que je te décode les coulisses du monde avec ma ferraille de mots creux sortis de bouquins. Puis tu me plantes pour aller siroter ton verre, accoudé à une barrière métallique. Je comprends ce jour-là que ma présence avec toi dans ce stade, loin de nous rapprocher comme je l'espérais, t'enchaîne à ton statut de gosse. Coincé entre ton envie de me sauver et ton besoin de me fuir, étourdi par la ronde des je t'aime et je te hais, tu bous, magma incontrôlé. Et tu saisis tous les prétextes pour marquer ta différence. Un moment plus tard, assis sur nos sièges avec vue plongeante sur notre équipe, allons enfants de la patrie, tu hésites même à applaudir avec moi. J'incarne ton passé, envahissant alourdissant vieillissant, et tout est bon pour t'en dissocier.

C'est à cette époque que je commence à t'exaspérer, je crois. Même si je ne suis pas la seule. Tu es en troisième et les murs de ton collège, prévus pour accueillir les enfants au sortir de l'école primaire, sont devenus trop étroits. Les règles de vie collective te paraissent de plus en plus déplacées. Tu t'adaptes encore à la plupart de mes ordres et désirs, à ceux de ton père ou de tes professeurs, mais je vois bien que tu t'agites à l'intérieur, électron excité par un champ magnétique inconnu. Je vois bien que tu vis mal que je t'empêche d'aller jouer avec un copain quand tu as cours le lendemain, exige d'avoir les coordonnées des parents chez qui tu passes la nuit ou vérifie l'air de rien que tu n'as pas oublié ton bonnet de bain les jours de piscine. Tu rechignes à me rendre des comptes et j'ai parfois de la difficulté à te tenir tête, ne sachant pas très bien si je dois respecter ma position ou la tienne, ma crainte ou ton autonomie. Alors je lâche un peu les rênes, essayant de t'écouter, sensible à tes arguments que je t'oblige à dérouler calmement. Avant de reprendre la main, habitée d'une soudaine certitude, amplifiée par les conseils des uns et des autres. Entre les deux attitudes, j'oscille. J'hésite. Je navigue. Je tente de t'expliquer mon point de vue comme si tu étais déjà un adulte et que tu allais entendre raison. Contrairement à ton père qui assène sans discussion, entretenant une sorte de paix malgré sa rigidité, te bricolant sans doute un socle de sécurité, je peine à m'imposer. Bizarrement, j'ai besoin que tu comprennes mes autorisations et mes interdictions. J'ai besoin que tu me comprennes. J'ai besoin que tu m'aimes. Et je ne réalise pas qu'on ne peut pas éduquer un enfant lorsqu'on a peur de perdre son amour.

Le match se termine, 2-0, et on se dirige vers la sortie, chahutés par des hordes de supporters. Certains ont ton âge. Je vois bien que tu aimerais t'attarder, boire une autre bière peut-être, mais je nous presse en direction du métro. Tu remets aussitôt tes écouteurs sur tes oreilles et ton masque de jeune adulte qui se projette où je ne suis pas. Pourquoi est-ce que grandir signifie forcément s'éloigner, ne plus se parler comme avant ? Pourquoi veux-tu grandir si vite ? Ne vois-tu pas que si tu grandis, je vieillis ? Ne te rends-tu pas compte qu'au-delà d'une limite, on ne vieillit pas mais on meurt ?

24

On se comprend de moins en moins. Tu n'es plus un prolongement de moi, quelques centimètres en deçà de mon autorité, mais mon égal. Du moins en taille. Tu as quinze ans et cinq mois et tu mesures 1,62 mètre. Dans la piscine tunisienne où tu t'ébroues peu avant ta rentrée au lycée, les pouces en avant, le buste en arrière, et tic et tac et tic et tac et tic et tac, tu ne diffères pas des adultes qui dansent l'été. Toi aussi tu as chaud. Toi aussi tu as envie de réveiller tes sens sous le soleil africain. Toi aussi tu détailles les corps nus autour de toi, peaux rougies perlées d'eau, seins bringuebalants, fessiers à peine dissimulés sous des bouts de tissus mouillés. Comment est-il possible, alors que je devinais jusque-là chacune de tes émotions, chacun de tes gestes, chacun de tes besoins, que tu te dérobes désormais à mes perceptions pour remuer ainsi des pectoraux, l'œil aux aguets et le sourire flottant ? Allongée en retrait sur un transat, je capte la scène avec incrédulité. Vieille, si vieille soudain.

On est à la fin du mois d'août et voilà deux jours qu'on a atterri dans ce club de vacances que j'ai réservé pendant l'hiver. Sans savoir que ce serait là, au sud de Tunis, sur une plage de Sousse, deux mois avant notre arrivée, qu'un intégriste déboulerait avec sa kalachnikov, visant trente-neuf maillots de bain sur le sable et autour de la piscine de l'hôtel. Sans savoir que les terroristes qui ont décimé l'équipe de *Charlie Hebdo* sept mois plus tôt à Paris contamineraient définitivement ce nouveau monde sanglant et fou dans lequel tu vas grandir. Trois mois plus tard, ce sera le Bataclan, salle de concert investie de jeunes comme toi, qui se transformera en champ de guerre, et je découvrirai une autre terreur, plus grande encore que celle de te voir vivre loin de moi. La peur indicible de te voir mourir avant moi.

Tu parais avoir dix-huit ans sur la photo. Tu as les cheveux longs mouillés rabattus en arrière, ton coquillage africain autour du cou, ton poignet droit bardé de tresses en coton et de liens de cuir, tandis que l'autre est encerclé du ruban de plastique rouge qui te permet de consommer jusqu'à plus soif sans supplément. Épaules déployées, torse bombé, jambes fuselées plongées dans le chlore jusqu'à mi-cuisses, tu suis les directives d'un gentil organisateur. Le pied en avant, et tic et tac et tic et tac et tic et tac. Tu te concentres pour apprendre rapidement ces mouvements que tu reproduiras matin midi et soir pendant toute la durée de notre séjour. Soucieux de t'intégrer, tu ne penses déjà plus à moi.

Dans le bus qui nous a conduits l'avant-veille de l'aéroport au club, tu avais pourtant l'humeur grise. À peine assis sur nos sièges brûlants, tandis que je t'énumérais joyeusement le programme des réjouissances, tu avais coupé net mon élan. Tu n'avais pas l'intention de rester scotché à moi. Ni de prendre tes repas tous les jours en ma compagnie. Ni de te coucher avec les poules. Tu avais aussi ajouté que tu irais en boîte de nuit parce que tu étais là pour te détendre. Et que tu ferais du paddle et du quad. Et que tu boirais bien sûr de l'alcool. J'avais alors eu un moment de doute. N'aurait-il pas été plus malin de retrouver des copains avec enfants, d'intégrer une maison estivale à l'autorité grégaire ? Je me souviens de la vague de découragement qui m'avait submergée tandis que je fixais les palmiers vert jaune à travers la vitre poussiéreuse. Avant même d'être en vacances, on était tous les deux déçus. Toi d'être là, enfermé dans ton rôle d'enfant près de moi, limité par mes craintes, mes incertitudes, mes impasses. Et moi de me sentir exclue de tes préoccupations, si inutile. Double incompréhension.

Avec l'énergie du désespoir, j'avais alors tenté de réchauffer l'atmosphère, puis de poser un cadre qui nous rassemble pour le meilleur. J'avais tenté de négocier. C'était nouveau. Depuis quelque temps, j'avais trouvé une clef, compris que si j'arrivais à ce que tu t'engages en amont sur un comportement, tu tenais parole. La tête refroidie par la climatisation mal réglée, je t'avais proposé qu'on explore tous les conflits susceptibles d'encombrer notre séjour pour leur imaginer des compromis acceptables. L'heure du coucher ? Pas plus d'une heure du matin. Tu avais dit oui à condition que tu puisses sortir jusqu'à trois heures le dernier soir. D'accord. Les repas ? Tu avais accepté les dîners avec moi sous réserve que je te laisse libre de tes mouvements aux déjeuners. Après plusieurs bras de fer, on avait fini par se serrer la main, marché conclu, et j'avais poussé un soupir de soulagement. Les vacances pouvaient commencer.

Tandis que le gentil organisateur vous incite à reprendre en chœur le tube de l'été, augmentant le volume des haut-parleurs suspendus autour de la piscine, tu exécutes maintenant la chorégraphie avec ce qu'il faut de nonchalance pour te donner l'air d'un habitué. Près de toi, une vingtaine de femmes de tous âges ondule au même rythme. Comment te voient-elles ? Es-tu un homme à leurs yeux ou encore un gamin ? Le gentil organisateur s'époumone tandis que tu fais une blague à de jeunes voisines que je n'entends pas. Elles t'éclaboussent aussitôt, avant que tu te mettes à leur courir après dans l'eau qui gicle jusque dans les rigoles à mes pieds. Qu'attends-tu de ton séjour ? Sur quels critères le jugeras-tu suffisamment réussi pour prendre plaisir à le raconter à la rentrée à tes nouveaux copains de lycée ? As-tu envie de tester ton pouvoir tout frais, oh les filles oh les filles, ou juste de t'amuser et de faire du sport ?

Car tu as une petite amie depuis peu. Je ne me rappelle plus comment je l'ai appris. Tu avais intégré une bande au cours de tes derniers mois au collège, deux filles, deux garçons, pas mal de possibilités, et tu avais embrassé Diana, plus âgée que toi d'un an, juste avant de partir en vacances. Sans que je sache si tu avais investi une amoureuse ou une bouche, comme parfois cette année-là entre deux batailles d'oreillers dans ta chambre ou un devoir de français avec Solange ou Isabella. Ce qui m'a marqué en revanche, c'est ta manière de m'annoncer que tu avais eu des rapports sexuels.

Peu avant de partir en Tunisie, alors qu'on marchait dans la rue pour aller au cinéma, tu t'étais soudain mis en quête d'un objet dans ta poche. Ne le trouvant pas, tu avais entrepris de la vider en me priant de tenir tes clefs mouchoirs bonbons trombone pièces tickets de métro sortis un à un. Jusqu'à ce qu'apparaisse un sachet de préservatif. Tu avais fait comme si de rien n'était, comme si le ciel ne venait pas de me tomber sur la tête, grondement de tonnerre bruit de caoutchouc, et tu avais continué de chercher. En vain. Puis tu m'avais souri, pas peu fier de ton effet, et tu avais naturellement repris toutes tes affaires. Le message était transmis. Partagée entre la surprise de cette nouvelle étape et un sentiment de perte, mais où est donc passé mon tout-petit, j'avais fini par éclater de rire. J'avais seize ans, à peine un an de plus que toi, lorsque j'avais aimé un corps pour la première fois.

La danse se termine et tic et tac et tic et tac et tic et tac, et tu viens poser ta serviette sur mon transat. Le regard détendu, tu agites tes nouveaux muscles dégoulinants de chlore au-dessus de moi et rigoles de mes cris. Mais à peine je me relève pour te tendre le tube de crème solaire que tu me remballes. Tu n'as pas besoin de te tartiner comme un gosse. De toute façon, tu ne crains pas le soleil. Puis tu te penches sur mon sac à la recherche de mon porte-monnaie. Tu voudrais un billet pour aller te tatouer une salamandre au henné sur l'omoplate. Et acheter une casquette au marchand ambulant. Et faire du scooter des mers. Et nous inscrire à la virée en dromadaire dans le désert. Je t'explique qu'on ne peut pas tout faire, mais tu t'emportes. C'est toujours la même chose avec moi. Tu me reproches mes angoisses d'écureuil. Tu me reproches de te faire payer ma vie d'artiste, libre mais incertaine, au lieu d'être salariée, métro boulot congés payés, dans une entreprise comme tout le monde. Baignée de lectures de psy et de manuels de communication non violente, je tente un rapprochement maladroit. Je te confie que j'ai ressenti la même chose que toi à ton âge, ce sentiment de frustration et de décalage. Mais ça ne fonctionne pas. Tu prends ça pour de la condescendance et me rejettes de plus belle. Tu penses que je veux te faire endosser des émotions que tu n'éprouves pas. Je mettrai du temps à réaliser que j'accrois ainsi ton vertige, cette sensation d'être différent, seul au monde sous ta carapace en mue, et que tu te sentirais mieux si je t'écoutais simplement sans te questionner. Sans chercher à savoir ce qui te tracasse comme si je pouvais le résoudre de ma baguette magique de maman. Une incompréhension qui continue de nous séparer cet été-là et qui me fait imaginer à la rentrée un stratagème pour tenter de nous garder proches.

Sur une idée soufflée par une amie, je t'impose une sortie culturelle chaque semaine où tu es avec moi. Dès septembre, on chemine d'exposition en concert, de festival en cinéma, et tu croises des noms que tu ne connaissais pas. Warhol. Basquiat. Magritte. On va voir les Stomp. On découvre Tokio Hotel, Christine and the Queens, Akhenaton en live aux Victoires de la musique. Parfois, on n'a pas le courage de sortir et je nous installe comme quand tu étais plus jeune devant un plateau-repas, pizza ou traiteur chinois, face à l'œuvre d'un réalisateur. Allongés sur les vieux coussins marron qui t'ont vu grandir, entortillés pieds contre pieds sous une couverture polaire, je te retiens près de moi en te montrant tous les films de Kubrick, Eastwood, Tarantino, Fincher. J'alterne les aventures qui peuvent spontanément te plaire, *Matrix*, *Pulp Fiction*, *Usual Suspects*, *Le Bon, la Brute et le Truand*, avec des propositions d'auteurs plus lentes et plus complexes comme *La Vague* ou *Le Pianiste* puisque tu étudies la Seconde Guerre mondiale. En dépit de tes résistances, j'essaie de te transmettre cette culture qui m'a construite. Même si tu décrocheras au bout d'un an, commençant par sauter une semaine puis à négocier le film, avant d'aller jusqu'à refuser de regarder la télévision en même temps que moi sur le canapé.

L'heure du partage est définitivement révolue.

25

Tu as le cœur gros. Et le regard triste. Et les épaules avachies sous la lumière crue de l'aéroport. Tu t'apprêtes à partir cinq semaines au Texas pour apprendre l'anglais et tu me détestes. Ou pas loin.

Le mois précédent, tu as découvert le principe de réalité. Tu pensais entrer en première scientifique en dépit de tes notes et des alertes rouges pim pom de tes professeurs, et patatrac. Le conseil de classe a demandé ton redoublement. Tu ne t'y attendais pas. Passé le choc, tu as décidé de faire appel. Et j'ai accepté de t'accompagner en te faisant confiance, pariant que tu te mettrais enfin à étudier si on t'apprenait à te battre pour tes choix. J'ai corrigé ta lettre de motivation, suggéré des arguments pour ton entretien face à la commission. Ton père s'était séparé de sa compagne en cours d'année et il n'avait pas été simple pour toi de gérer ce bouleversement. La classe de cas sociaux dans laquelle tu avais atterri, capables d'incendier la porte du lycée lors de la mobilisation lycéenne contre la réforme du code du travail qui avait éclaté à l'automne, n'avait pas aidé.

Tu en avais même modifié ta façon de t'habiller, te camouflant sous des pulls à capuche et des pantalons de jogging informes pour avoir la paix. Mais tu as fébrilement soutenu ton choix devant la commission pédagogique et le verdict est tombé. Tu as convaincu. Les professeurs ont cru en toi et t'ont autorisé à poursuivre un cursus scientifique comme tu le souhaitais. J'ai même réussi à te changer de lycée et à te faire admettre dans celui de ton copain Victor. J'étais folle de joie. La preuve que je servais encore à quelque chose. Même si avec le recul, je me demande si c'est pour toi ou pour moi que je me suis mobilisée. N'ai-je pas cherché à réparer l'image du fils idéalisé, abîmée par l'annonce de ton redoublement ? Ne projetais-je pas comme beaucoup de parents un désir de réussite sociale traditionnelle, seul à même de me rassurer en dépit de mon propre parcours en dehors des clous ?

Accoudé au chariot métallique qui supporte ton sac de voyage dans le hall de l'aéroport de Roissy, tu me fixes d'un air accablé, tandis que je dissimule mon angoisse sous un flux de mots idiots. Tu me réponds à peine et je célèbre ton premier envol du nid en te photographiant, la poitrine écrasée par le doute. Cette fois, ce n'est pas moi mais toi qui pars à l'aventure, même si c'est moi qui t'y ai poussé. Ai-je raison de t'envoyer si loin si longtemps pour apprendre l'anglais ? Est-ce que tu vas t'entendre avec ta famille d'accueil ? Vas-tu te fabriquer des souvenirs pour la vie ? À Paris, tu laisses Diana que tu fréquentes depuis un an. Tu nous laisses aussi, ton père et moi, mais ce n'est pas pour cela que tu te renfrognes ce jour-là. À force de te vanter les bénéfices d'une immersion linguistique, la grande épopée au pays des cowboys, l'expérience inoubliable qui va nourrir ta légende personnelle pour les siècles et les siècles, amen, tu as accepté le principe, mais tu pars à reculons. Et tu ne te prives pas de me le signifier, le visage supplicié. Les néons blafards qui t'éclairent du plafond n'arrangent rien.

La veille, Diana est venue dormir chez nous. Après avoir hésité tergiversé, pesé le pour et le contre sur la balance de la moralité, j'avais tranché quelques mois auparavant. Votre histoire était sérieuse et je préférais que vous exploriez votre sexualité sous mon toit plutôt que dans un terrain vague. J'avais refusé d'écouter les cris ah mon Dieu de tes grands-mères. J'avais permis, tout en gardant une sorte de contrôle. Et puis j'étais heureuse de te voir découvrir l'amour. J'avais lu qu'il fallait posséder une bonne estime de soi pour avoir une fiancée à ton âge, aimer et se laisser aimer, et je me disais que je n'avais pas été une si mauvaise mère puisque tu étais capable de te lier à une jeune fille. Même si je ne l'avais pas trouvée jolie tout de suite. Elle était brune au teint mat, les yeux noirs en amande, le nez droit, le visage allongé comme une olive. Mais très vite, je l'avais trouvée mieux que ça. Mieux que jolie. Elle était belle et avait du chien. Ou plutôt du chat. Un caractère félin sous des moues enfantines qui, malgré ses douze mois de plus que toi, accompagnait chacun de ses mouvements. Pourquoi cela avait autant d'importance pour moi qu'elle soit singulière, je ne sais pas. Était-ce pour me rassurer sur ton discernement, ta capacité à ne pas te laisser éblouir par les apparences dont je t'avais tant répété de te méfier ? Était-ce pour me regarder en elle comme dans un miroir, reine détrônée ? Je n'ai pas l'impression de m'être posée en rivale, pourtant. Pas l'impression d'avoir été jalouse, non. Mais il y a forcément eu un écheveau de fils emmêlés si l'on en croit Freud. Car tu en aimes désormais une autre.

Plus rien ne compte cette année-là que ce que tu vis avec elle. Ni tes copains. Ni le foot que tu pratiques depuis tes huit ans et que tu abandonnes sans état d'âme. Et encore moins ta scolarité. Comme tous les amoureux, tu projettes sur Diana l'ensemble de tes espoirs et les qualités imaginaires que tu voudrais posséder, réflexe exalté. À tes yeux, elle n'a aucun défaut. Fille idéale. Ange sublime. Être parfait qui te trouve parfait en retour puisqu'elle t'attribue elle aussi les talents et les vertus qu'elle aimerait avoir. Elle est un bout de toi. Et puisqu'on ne se sépare pas de soi, vous êtes inséparables. À peine éloignés, installés dans vos chambres respectives, interdit d'entrer, vous vous téléphonez pour vous confier d'autres secrets. Pendant des heures, vous partagez vos rires et vos colères, vos frustrations et vos rêves. Sur les réseaux sociaux, tu t'affiches désormais avec elle, photo de profil compris. Le un n'existe plus, tu es deux. Dans les rues du quartier, à la sortie de vos lycées, dans les cafés que tu commences à fréquenter, chez l'un ou chez l'autre. Partout. Tout le temps. Parce qu'elle est un instrument de conquête de ton individualité, elle se glisse entre nous et nous détache encore.

Dans la file qui serpente jusqu'au guichet d'enregistrement, tu soupires. Jettes un regard désinvolte derrière toi. Veilles à ne pas afficher ce qui t'angoisse inévitablement, oisillon en équilibre sur la branche. En jean noir et chemise ciel aux manches retroussées, rasé de près, les écouteurs toujours enfoncés dans les oreilles, tu t'appliques à cacher ton vertige. Autour de toi, des couples, des familles, des étrangers, des hommes et des femmes d'affaires. Tu es le seul adolescent. Tu as seize ans et trois mois et on dirait que tu es le seul mineur autonome à embarquer sur ce vol. J'essaie de me réjouir pour toi, de nous convaincre tous les deux de cette opportunité extraordinaire que ton père et moi t'offrons de traverser l'océan, d'aller découvrir le mythe américain, de te voir accomplir ce qu'on aurait tant aimé vivre à ton âge, mais le cœur n'y est pas.

Au-dessus de ta tête, une publicité vante les mérites d'un nouveau téléphone et je vérifie aussitôt que tu n'as pas oublié ta carte prépayée. Et ton passeport ? Et les documents officiels de ta prise en charge dans la famille ? Et ta Ventoline ? Tu retires lentement les écouteurs qui t'isolent de mes trémolos et te penches vers moi en me faisant répéter. C'est que tu me dépasses depuis peu. Une poignée de centimètres qui modifient encore notre rapport, ombre portée. Je te livre d'ultimes conseils, mais tu expires bruyamment en fixant un point au-dessus de ma tête. C'est bon, maman. Je ravale mes objections, les huit mille kilomètres qui vont achever de nous éloigner, et te souris bravement. Comment le temps a-t-il pu couler si vite dans le sablier ? Comment est-il possible que mon enfant si rond si câlin se soit transformé en cette grande gigue nonchalante qui n'a plus besoin de moi ? Car tu me rejettes en bloc depuis le début de l'année. Tout ce que je suis. Tout ce que je te dis. Un mot de travers et hop, c'est l'explosion. Parfois avec un léger décalage. Plus j'essaie de te prévenir de dangers, mauvais rebonds retours de bâton, et plus tu fonces, bélier jusque dans ton signe astrologique.

Pour me rassurer, je t'avais envoyé parler à un psy quelques mois auparavant. Je l'avais sélectionné après en avoir rencontré quatre, systématiquement insatisfaite, comme si je les jugeais tous incapables de te comprendre aussi bien que moi. J'avais porté mon dévolu sur un quinquagénaire, transfert paternel possible, collectionneur d'art africain et intellectuel décontracté, accessible directement en bus de ton lycée, mais tu l'avais expédié en une séance. Trop mou. Trop lourd avec ses ficelles qui étaient autant de cordes pour toi. Sans compter que tu avais détesté l'exercice, persuadé de n'avoir besoin de personne. Heureusement, il avait eu l'intelligence de nous recevoir, ton père et moi, pour nous délivrer quelques pistes. Une seule, en fait. Il nous fallait te lâcher. Arrêter de te seconder, remplaçant ce que tu perds, rangeant ce que tu oublies, lavant ce que tu taches, réparant ce que tu casses, supposant même ce que tu penses parfois. Il nous fallait arrêter de te raconter nos émotions à ton âge en croyant te comprendre comme si on avait tout vu tout vécu. Arrêter de nous entretenir avec tes professeurs et de décider pour toi sans que tu sois là. Arrêter les cours particuliers payés depuis le début de l'année sans le moindre effet. Arrêter de chercher des informations à ta place pour nourrir tes réflexions d'orientation. Plus que tout, arrêter de t'aider sans que tu nous l'aies demandé. Respecter ton individualité, ton caractère, tes choix. Te laisser assumer tes responsabilités. Quitte à ce que tu te trompes et coules au fond d'un gouffre. En m'efforçant de résoudre tous tes problèmes pour me rassurer sur mes qualités de maman, de t'enseigner qu'il y a toujours une solution dans la vie, les vertus de l'espoir, de l'effort et de la détermination, je t'avais surtout donné selon lui le sentiment que je n'avais pas confiance en toi. Que tu n'allais pas y arriver seul. Moi qui avais voulu gonfler ton estime, c'était raté. Je devais renoncer à être une mère parfaite pour te libérer.

Vingt-quatre heures après que ton avion a décollé, je reçois un mail et une photo de ta famille d'accueil, un couple d'infirmiers homosexuels installé dans la banlieue de Houston, ayant adopté un garçon de ton âge, qui m'avait tout de suite plu lors de notre rencontre épistolaire. Tu es bien arrivé. Et déjà immergé puisque l'image te saisit en train de faire des courses dans une grande surface, casquette vissée sur le crâne, sourire incertain, poussant un caddie rempli de canettes de coca. Mais à peine une semaine plus tard, rien ne va plus. Ils ne supportent pas que tu ne ranges pas ta chambre. Ni que tu ne les aides pas à dresser la table. Ni que tu n'admires pas la reconstitution historique avec défilé de charrettes tirées par des bœufs à laquelle ils t'ont emmené. Ni que tu veuilles voir du pays, Houston et pourquoi pas Dallas. Au téléphone, tu reconnais le désordre de ta chambre, c'est plus fort que toi, mais tu me promets que tu fais de ton mieux pour le reste. Ce n'est pas toi mais eux le problème. Le couple est paraît-il psychorigide, pas drôle, absent toute la journée, pas du tout féru de culture comme je l'avais cru, et leur fils mollement indifférent, accroché aux baskets de ses parents. Pendant qu'ils sont ensemble à l'hôpital où le gamin effectue un stage, tu restes seul du matin au soir dans une banlieue de carton-pâte, sans moyen de rallier Houston. Pas de vélo, pas de bus. Tandis que je t'encourage prudemment à mettre de l'eau dans ton vin, les deux hommes avaient l'air ouverts et intelligents dans nos échanges, tu devrais les accompagner toi aussi sur leur lieu de travail, cela pourrait être intéressant pour toi qui projettes de devenir kinésithérapeute, tu me chuchotes en t'étranglant qu'ils adorent Donald Trump et entendent bien l'élire président en novembre prochain. Argument imparable. Preuve incontestable qui me fait aussitôt envoyer balader tous les conseils du psy et te proposer d'intervenir. Appeler l'organisme. Te changer de famille. Te rapatrier. N'importe quoi pour te sortir des griffes de ces tarés. Mais tu refuses tout. Tu ne veux pas que je m'en mêle. Tu vas rester chez eux. Tu n'en démords pas et je ne comprends pas que c'est une nouvelle injonction à te laisser assumer tes choix, les aléas de ta vie. Je n'entends qu'un blocage têtu et masochiste qui me désole cet été-là.

À Paris, je ne dors plus. M'engueule avec mes copines qui en ont assez de m'écouter parler de toi en boucle. Me tiens à l'écart des dîners et des soirées avec des inconnus que je redoute d'insulter pour un mot ou un silence. Expédie mes séances photos. Noircis des pages entières de mon inquiétude. J'ai entrepris une formation d'un an pour devenir scénariste, mais je ne parviens pas à rester concentrée. À quoi bon ? Devant mon écran ou en cours, je me ratatine. Tu es malheureux à huit mille kilomètres de moi sans que je puisse changer cela et je ne le supporte pas. De ton côté, tu t'enfermes dans ton isolement, allant jusqu'à refuser de répondre à mes appels et mes messages, tandis que les mots furieux du couple s'agglutinent dans ma boîte mail. À travers leurs courriers de plus en plus tendus, j'apprends ton quotidien. Tu ne sors pas de ta chambre, regardes en boucle des séries françaises sur ton téléphone quand tu ne discutes pas avec Diana au creux de la nuit, décalage oblige. Je ne sais plus qui croire, qui a raison qui a tort, et ne peux que constater mon échec. Tu ne tires aucun profit de ton séjour. Et j'ai beau essayer de te rappeler qu'il est impossible de gagner si on n'accepte pas de perdre, que ce voyage aux États-Unis est une occasion pour toi de grandir, et que tout rite suppose des épreuves à surmonter, un moment d'adaptation, tu refuses catégoriquement de m'écouter. Personne d'autre ne compte que Diana. Même pas toi.

26

Mathieu Marius est mort. Ton arrière-grand-père, homme debout ayant terminé sa vie assis dans un fauteuil roulant avec une jambe en moins, est décédé au printemps, et ton arrière-grand-mère ne s'en souvient pas. Lorsqu'on lui rend visite dans sa maison de retraite ce jour-là, voilà deux mois que son mari dont tu portes le prénom en deuxième position a été enterré, mais son cerveau grignoté par le vide la protège du deuil. Pas le mien, qui a vu disparaître en peu de temps mon oncle et mon grand-père, rocs de mon enfance. Et pas le tien, qui a refusé de m'accompagner aux obsèques, pris dans les filets de ta rébellion, sans évacuer pour autant ta tristesse et ce sentiment d'abandon qui ne te quitte plus désormais. Ton père est parti vivre à Nantes au début de l'année scolaire. Tu t'es installé à plein temps avec moi, refusant de t'éloigner de Diana, mais elle a rompu pendant l'hiver. Tu collectionnes depuis les mauvaises notes et les avertissements au lycée. Et les piliers masculins de ta famille tombent les uns après les autres. Tu as dix-sept ans et tu es en colère. La vie, cette pute.

Dans le miroir de l'ascenseur où je capte notre image, entourés d'acier comme dans un film de science-fiction, on a tous les trois les cheveux hirsutes. Ton arrière-grand-mère t'agrippe maladroitement la main droite, emmêlant ses petits doigts boudinés aux tiens, tandis que tu la soutiens avec cet élan de douceur dont tu sais encore faire preuve. Dans le reflet, on aperçoit ton poing gauche enfoncé dans la poche arrière de ton jean comme si tu avais besoin d'un contrepoids pour garder l'équilibre. Rester stable en dépit de ce chagrin d'amour qui te dévaste, couteau planté dans ta poitrine, tourné et retourné chaque jour sans que je sache comment empêcher ça. Lent apprentissage.

C'est que tu es au bout du rouleau depuis des mois. Incapable de surmonter cette rupture. Incapable de conquérir une image de toi satisfaisante sans le regard de Diana. Tu vis la nuit. Te couches à cinq heures du matin. Restes allongé des heures sur ton lit, les yeux dans le blanc du plafond. Ne travailles plus. Ne vois plus aucun copain. Tu vis la perte de votre relation comme une perte de toi-même. Et puisque tu t'es perdu, la vie n'a plus de sens. Comme tous les amoureux, tu tentes parfois de recréer sa présence en prononçant son prénom à voix haute, deux syllabes gorgées de rires et de secrets oubliés, mais ton visage se gondole comme du papier mouillé dès que je m'en mêle. Croyant t'aider, je me permets de relativiser, souviens-toi de ci de ça, et c'est pire. Me trompant de combat, je ne réalise pas que c'est juste la fin de votre amour qui est à regretter. Pas votre histoire qui a été belle. Et, sans le vouloir, je remue la lame.

La réalité, c'est que tu te retrouves seul et incomplet quand tu ne te sentais exister qu'à travers elle. Si elle t'aimait, c'est que tu étais aimable. Mais maintenant qu'elle est partie, comment savoir ? Un bouleversement qui te fait découvrir à quel point il est douloureux d'aimer quand on ne s'aime pas. Diana n'est plus là pour masquer tes fragilités à tes propres yeux et tu dois apprendre à faire sans elle, bienveillant envers toi-même. Tu dois être le premier fan de ce jeune homme que tu es en train de devenir. Trouver le moyen d'endiguer le manque, la tristesse et la perte de confiance. Même si tu n'y arrives pas pour le moment. Combien de temps faut-il pour oublier ? Moi qui pense encore parfois à ton père et à Éric, ombres aimées rejetées flottant dans le cours de mes souvenirs, je ne prends pas la mesure de ton désarroi cette année-là. Ni de ses conséquences. J'oublie que les peines de cœur adolescentes sont aussi violentes que celles des adultes.

Sur la photo, tu es habillé de ton pull marine à capuche, cordons blancs tombant sur ta poitrine comme deux lignes de fuite, et tu souris à ton arrière-grand-mère, tandis que je nous vise dans le miroir en m'appliquant à garder mon téléphone horizontal. Au milieu de nous deux, notre aïeule est ravie. Ses lèvres s'étirent d'une joue à l'autre, avalées par sa bouche dans laquelle ne s'aligne plus aucun osselet, et son œil déborde de tendresse. Elle porte l'une de ses robes tricot qui ne la quittent plus et le pendentif en forme de toi et moi que lui a offert Mathieu Marius pour leurs cinquante ans de mariage. Tandis que l'ascenseur s'arrête au rez-de-chaussée, elle s'inquiète de savoir si son mari est dans la chambre et tu me regardes, dérouté. Doit-on lui mentir ou lui dire la vérité ? Je ne sais pas. À la place, je lui répète que tu t'appelles Malo et que tu es son arrière-petit-fils. Ah oui ?

Elle t'emprisonne les doigts en voulant savoir si tu travailles bien à l'école. Doit-on lui mentir ou lui dire la vérité ?

Tu es passé en première in extremis, mais sans Diana et sans ton père qui s'occupe de son propre changement de vie à quatre cents kilomètres de là, rien ne se déroule comme prévu. Depuis septembre, je suis régulièrement convoquée par l'équipe pédagogique de ton nouveau lycée qui se plaint de ton attitude en plus de tes résultats. Tu ne rends pas tes devoirs à temps. Tu sèches. Tu es insolent. Tu t'endors en classe. Tu fumes. Je crois que c'est ce dernier reproche qui me choque le plus. Comment une mère, non fumeuse de surcroît, peut-elle accepter que son enfant détruise ses poumons, sa gorge, sa vie ? Ce qui est cocasse, c'est que j'avais longtemps soutenu à ton professeur de maths qu'il se trompait. Tandis que tes camarades profitaient de l'interclasse pour poser des questions, conscients de la difficulté du programme, il prétendait que tu galopais dans la cour pour te rouler une clope et j'avais nié. Impossible. Tu m'avais promis que tu n'y touchais pas et je te croyais. J'avais même haussé le ton, un brin méprisante. Mon fils ne me mentait pas. Malgré nos disputes, je croyais encore en notre complicité et aux vertus de mon éducation, pas de mensonge entre nous, pas de lâcheté, on assume ses actes et on répare si besoin. J'avais fini par entendre raison lorsqu'il m'avait rappelée un soir, embarrassé. Tu semblais de plus en plus amorphe, yeux rouges, vaisseaux éclatés, voix monocorde, et il soupçonnait que tu fumes autre chose que du tabac. Je m'étais étranglée. Mon fils fumait des joints ? Non, pas ça. J'avais aussitôt téléphoné à ton père qui s'était moqué de ma naïveté, avant de soupirer, finalement tout aussi ébranlé que moi. Les jours suivants avaient achevé de me déstabiliser.

Prenais-tu du cannabis pour anesthésier ton chagrin d'amour ? Avais-tu besoin d'atténuer la pression qu'on t'infligeait peut-être, ton père et moi, avec nos belles années d'études ? Cherchais-tu à nous prouver ta liberté d'agir et les limites désormais criantes de notre influence ? Était-ce une façon pour toi de rester aux commandes de ton corps même s'il se transformait ? On avait essayé de te parler à tour de rôle, chacun ses mots chacun son style, mais tu avais nié. Jusqu'à ce que ton père trouve des boulettes dans ta chambre, miettes dégueulasses. Bon, d'accord, tu fumais du cannabis de temps en temps et alors ? Je n'avais pas réussi à te prouver les conséquences irréparables sur ton jeune cerveau, Hiroshima Nagasaki, et m'étais sentie totalement dépassée. Était-ce nous, tes parents, que tu fuyais ? Était-ce moi ? Était-ce nos conflits et la procédure que j'avais engagée contre ton père, pour qu'il m'aide davantage maintenant que tu vivais à plein temps avec moi, et que je n'étais pas parvenue à te cacher ? Étaient-ce tes résultats scolaires ? Qu'avais-je raté ?

Les portes de l'ascenseur s'ouvrent et ton arrière-grand-mère trottine vers la sortie en tirant la langue à un vieil homme en déambulateur qui la fixe d'un air concupiscent. Ton arrière-grand-mère a perdu sa mémoire mais pas son caractère. Tête haute et digne, regard mitraillette, elle le contourne puis s'attache à nouveau tendrement à nos bras pour nous entraîner vers le jardin de la maison de retraite. L'espace vert piqué de pâquerettes et de chaises métalliques est son refuge. Elle s'arrête aussitôt pour cueillir un pissenlit jaune écrasé et te le tend. Tu le glisses entre tes lèvres en lui souriant, avant de sortir machinalement ton téléphone pour vérifier que tu n'as pas eu de message mais pourquoi l'espoir nous aveugle-t-il autant ? Ton arrière-grand-mère reprend sa ronde silencieuse, puis s'immobilise à nouveau. Cette fois, c'est devant un chêne centenaire et je ne peux m'empêcher de penser à Mathieu Marius, presque aussi robuste que ce tronc, bien qu'il n'ait pas atteint son âge. Ton arrière-grand-père me manque. À toi aussi, je suppose, même si tu n'en parles pas.

Tu étais censé être chez ton père à Nantes et j'étais partie en week-end avec des copains à la campagne quand j'avais appris son décès deux mois auparavant. J'avais aussitôt abrégé mon dimanche pour revenir à Paris et réservé un avion pour me rendre à son enterrement. Mais à peine entrée dans notre appartement, j'avais eu des doutes. Le parquet était collant. Le vide-poche n'était pas à sa place. Une bougie rouge gisait au sol avec des vestiges de verre émietté. Près de la vieille balance en émail, les deux plus petits poids de laiton manquaient. Dans le salon, la table basse penchait curieusement. Lorsque je t'avais appelé quelques minutes plus tard, tu m'avais annoncé que tu n'étais finalement pas parti chez ton père et avais passé le week-end chez ton copain Victor. Tu m'avais soutenu que tu n'étais pas venu dans notre appartement. Enfin, pas longtemps. Enfin, juste pour récupérer la console de jeux. Enfin, seulement avec Victor. Non, tu n'avais pas organisé de fête et pourquoi est-ce que je ne te faisais jamais confiance ? Non, tu ne savais pas ce qui était arrivé à la bougie et pourquoi est-ce que tout était toujours de ta faute ? La parole des voisins se plaignant de la cavalcade dans les escaliers samedi soir ne t'avait pas fait ciller. Désormais, sans une hésitation sans un scrupule, tu me mentais.

J'étais allée faire un tour dans le quartier pour me calmer, mais en remontant dans notre appartement, une autre surprise m'attendait. Sur le palier du dernier étage, j'avais trouvé l'échelle de service dressée face à notre porte d'entrée. J'avais passé une tête et t'avais découvert immobile sur le toit de l'immeuble, un deux trois soleil, avec une guitare, deux filles et trois bouteilles d'alcool. Prise de peur, je vous avais aussitôt enjoint de descendre. Mais tu avais résisté, équilibriste fanfaron. Tu savais ce que tu faisais. Et puis je n'avais pas d'ordre à donner à tes amies. Et puis tu y remonterais de toute façon quand je dormirais. Le cri de colère que j'avais poussé avait failli te faire basculer. Lorsque je t'avais retrouvé seul dans ta chambre un instant plus tard, m'efforçant de me contrôler pour t'apprendre la mort de ton arrière-grand-père et te demander de m'accompagner le lendemain, tu avais continué de te révolter. Tu détestais les cimetières. Aucune envie de jouer les pantins devant des blocs de marbre gris frôlés par des vers. J'avais tenté de te convaincre, exigeant ta présence ton épaule ton obéissance, mais tu avais explosé. C'était ton choix et je devais le respecter. Tu en avais assez que je te dicte ta conduite, il faut, tu dois. En élevant ta voix d'orage, ce ton grave qui virait parfois encore à l'aigu en fin de phrase, tu avais ajouté que je ne comprenais décidément rien et que tu te réfugierais à nouveau là-haut car c'était le seul endroit où tu te sentais bien. Dépassée par tes provocations, je m'étais alors jetée sur tes clefs posées sur ton bureau et les avais fait disparaître dans ma poche en te rappelant que tu étais chez moi. Si tu ne voulais pas respecter mes règles, la porte était là. Tu l'avais prise.

J'avais eu besoin de quelques minutes pour accuser le choc. Puis j'avais appelé la mère de Victor pour savoir si elle pouvait t'accueillir chez elle pendant que je serais auprès de ma famille pour l'enterrement. Le lendemain, le coup de fil de ton proviseur en pleine messe, me reprochant de t'avoir mis à la porte, mère indigne et qu'est-ce qui se passe dans la tête de ces parents, avait achevé de me terrasser. Ton évolution passait-elle inévitablement par ces mensonges, ces mises en danger et ces batailles ? Devais-tu grimper sur le toit de notre immeuble ou t'asseoir sur la balustrade de ta fenêtre, les orteils balançant six étages au-dessus du vide, pour t'émanciper ? Avais-tu forcément besoin de défier la mort pour conquérir ta vie d'adulte sans moi ?

Ton arrière-grand-mère fatigue, œil vague jambes molles, et je te propose de faire demi-tour pour la reconduire dans sa chambre. Tu me suis en traînant tes baskets blanches sur le lino blafard, le visage à nouveau assombri par l'exaspération. Ton téléphone ne sonne pas et la perspective de te retrouver seul avec moi sur le chemin du retour arrondit tes lèvres d'une vague amère. Ce qui m'apparaît clairement cette année-là, c'est que je ne suis plus la mère dont tu rêves, mais que tu n'es plus l'enfant dont je rêve, toi non plus. Deuils inévitables. À tes yeux, je suis un monstre ou pas loin. Il me faut survivre à tes mots. Me rappeler que le rejet, la contestation, la provocation ne sont pas des preuves de désamour de ta part mais des signes de maturation, ta façon de me demander de nous séparer. Je dois te détacher de moi pour te permettre de t'appartenir, autonome dans tes pensées comme dans tes actes, liberté fondamentale. Je dois supporter tes éclats et tes éclipses, tes piques et tes silences. Ne pas me sentir méprisée. Encore moins détestée. Comprendre que tes fugues ne sont pas contre moi mais pour toi, des conquêtes qui te donnent l'illusion de maîtriser ton existence. Ne pas te répondre au premier degré, va voir ailleurs si j'y suis. Ne pas baisser les bras quand tu m'accuses d'être en dessous de tout, la pire mère qui soit. Tenir la barre malgré les coups, la seule manière de te tranquilliser. Un enfant peut d'autant mieux quitter ses parents qu'il est sûr de les retrouver un jour ou l'autre. Mais pourquoi t'acharnes-tu autant contre moi depuis que ton père est parti ? As-tu besoin de vérifier ma capacité de résistance, tester mon amour, te prouver que quoi que tu fasses, je ne t'abandonnerai pas, moi ? Ou bien est-ce juste le hasard qui nous plonge dans la tempête à ce moment précis et tant pis pour moi ?

Ce qui est sûr, c'est que tu m'en veux. Comme tous les adolescents, tu joues avec ma lassitude, ma culpabilité, mon impuissance, ma sensibilité. Tu m'attaques sur mes hésitations et mes contradictions, mes absurdes et mes à-côtés, et je réussis de moins en moins à me contrôler. Je riposte. À vif. Injuste, parfois. Les mots que je ne retiens pas enveniment notre relation comme autant de petites vipères. Tu as des réactions extrêmes mais tu n'acceptes pas les miennes. Ni mes cris de colère ni mes moments de panique ni mes larmes. Tu souffres de mon absence de sang-froid et l'interprètes comme une incapacité à prendre les choses en main, sans que je parvienne à te rassurer. Un adverbe excessif, une demi-vérité, une approximation maladroite, et tu me cloues au pilori. Voilà. Tout est de ma faute. Tu es obligé de devenir adulte et tu me le fais payer.

Le problème, c'est que plus tu fais n'importe quoi, malheureux et en colère, et plus je pense que tu as besoin de moi. Plus je te colle, reléguant mes projets et mes proches en arrière-plan. Plus tu décroches et plus je m'accroche. Plus je te noie de mots pour te montrer que je suis là. Plus je t'étouffe. Plus je m'inquiète. Plus je t'angoisse. Et plus tu me fuis, équation fatale. Un mois plus tard, alors que tes professeurs t'annoncent que tu dois redoubler ta première, tu décides de poursuivre ta scolarité en internat. Et rassembles tes affaires le soir même de notre retour de vacances pour passer ta dernière nuit parisienne chez ton copain Victor. Mon refus ulcéré puis mon silence étranglé ne changent rien. Tu ne veux pas rester avec moi une minute de plus.

Adieu mon fils.

27

Le couloir ne charrie plus aucune photo. La nuit est passée, aube grise aurore hideuse, et tu n'es pas revenu. J'ai scruté chaque image, chaque tache de couleur affichée sur ce mur comme autant de petits cailloux sur le chemin de notre histoire, notre vie dans ses minuscules, mais cela n'a servi à rien. Tu as disparu. Même les rires et les voix dans la rue se sont tus. Le jour se lève et je suis seule. Sans devoir de soigner veiller éduquer cultiver cuisiner habiller réveiller anticiper expliquer imposer limiter gronder. Une femme. Juste une femme de quarante-trois ans. Pas si éloignée de la gamine de vingt-six ans qui t'a mis au monde. Éternel recommencement. Mais comment trouver un sens à tout ça, ces enfants qu'on fabrique pour les laisser partir ? Comment nous séparer sans nous déchirer, un accroc est si vite arrivé ? Comment nous quitter sans nous perdre ? Parce qu'une séparation est toujours une forme de deuil. On perd quelqu'un ou quelque chose et il faut assembler le puzzle autrement. Remplir le vide. Colmater le manque. Continuer sa route, un voile noir sur le visage. Oui, mais comment ? Que devient la vie d'une mère quand son tout-petit s'en va ?

Assise à la table de la cuisine, face à mon thé refroidi, je ne sais pas quoi penser. Se peut-il que la porte d'entrée ne s'ouvre plus jamais sur ton impatience affamée en fin de journée ? Se peut-il que tu ne veuilles plus savoir si on peut aller manger des sushis ce soir, où est ton maillot de foot et si Victor peut venir dormir à la maison demain ? Tu as dix-sept ans et cinq mois et tu es déjà sorti de mon quotidien. J'ai peur que tu ne reviennes pas de l'internat un week-end sur deux, comme on l'a pourtant fixé, en alternance avec ton père. Peur de n'être plus qu'un appartement rempli d'ombres et de souvenirs. Peur qu'on n'ait plus rien à se dire. Peur que tu ne m'aimes plus. Peur que tu fasses les mauvais choix avec les mauvaises personnes aux mauvais endroits. Peur que tu te mettes en danger. Peur que ce soit grave et irréparable. La mère du petit chaperon rouge devait bien se douter que le loup rôdait en l'envoyant dans la forêt. Le souvenir du bonheur n'est pas le bonheur mais l'angoisse.

Huit heures du matin, une fin d'été. Je ne sais même pas où tu es.

28

C'est ton anniversaire. Il y a dix-huit ans, lune pour lune, tu venais au monde. On venait au monde, toi et moi, naissant à tout ou à une partie de ce que l'on est aujourd'hui. Contrairement à ce matin, on était ensemble lorsque le soleil s'est levé.

J'attrape mon téléphone et m'apprête à t'envoyer un message mais me ravise. À la place, je me prends en photo avec un mirliton arc-en-ciel dans la bouche, les yeux encore gonflés de sommeil, mon vieux gilet gris jeté à la va-vite sur un tee-shirt qui me boudine. Dans mon dos, on aperçoit le mur de briques de notre cuisine et la grande toile jaune de Starck inspirée par Dubuffet qui nous a suivis de déménagement en déménagement pendant toutes ces années. Je souffle dans le bec en plastique et le tube en papier multicolore se déplie dans un bruit de trompette. Concentrée sur l'écran pour m'y voir tout entière, j'ai le regard qui louche. Drôle d'image de ta mère pour célébrer ton anniversaire. Un instant après, je rédige un message qui dit je pense à toi. Happy birthday. Je t'aime. J'hésite à en dire plus, n'importe quoi pour prolonger le lien, l'illusion d'un contact, mais je me retiens. Et je te propose juste de m'appeler plus tard. Il est tôt et tu dois dormir. Je t'imagine fatigué d'être sorti la veille avec tes copains que je ne connais plus. Je t'espère heureux.

Le début de cette année scolaire n'a pas été de tout repos. L'internat t'a viré après un trimestre, t'accusant de fumer de l'herbe et d'avoir séché les cours pour accompagner un élève aux urgences, saint-bernard sans collier, et tu as atterri en plein hiver chez ton père. Un choc pour toi qui continuais de penser pouvoir plier la réalité tchic tchac à la force de tes désirs. Tu as débarqué penaud aux classes du soir d'Acadomia, puis dans la première d'un lycée public mal famé, et enfin dans un établissement privé à peine mieux fréquenté et moins éloigné. Je ne sais pas si tu as raisonné ce choix, un an avec maman un an avec papa, balle au centre, ou juste suivi le mouvement naturel, au plus simple au plus proche. Ce qui est sûr, c'est que c'est une épreuve supplémentaire pour moi. Car je suis jalouse. Tu ne m'as finalement pas quittée pour être autonome mais pour partager le quotidien de ton père comme si tu étais mieux avec lui. Réaction ridicule mais incontrôlée.

Voilà sept mois que tu n'habites plus avec moi. Sept mois que je n'ai plus à affronter les portes qui claquent, nos voix qui s'emmêlent et se heurtent, tes soupirs et tes humeurs. Sept mois que je ne subis plus les réunions scolaires interminables et les mots incendiaires de tes professeurs. Sept mois que je ne sais plus ce que tu vis, une maladie qui te cloue au lit, une opération dentaire à l'hôpital. Heureusement, grâce au site de l'Éducation nationale, je me tiens au courant de tes résultats à distance. Mais ce n'est plus moi qui signe tes oublis, tes retards et tes absences. Ce n'est plus moi qui te demande de ranger ta chambre ou la cuisine, de sortir la poubelle ou de mettre ton linge dans le panier dédié, ton jean préféré ne se lavera pas tout seul. Ce n'est plus moi qui aligne les nuits blanches vendredi samedi pour vérifier que tu es bien rentré de soirée. Et ce n'est pas non plus moi qui te vois t'alourdir du bilan psychopédagogique effectué peu avant que tu quittes Paris. Tu es paraît-il un animal singulier, enfant zèbre à l'hypersensibilité et au potentiel intellectuel mal utilisés, et ça n'est pas fait pour te rassurer. À peine ces résultats éclairent-ils peut-être ton sentiment de ne pas raisonner le monde comme les autres et ton redoublement cahoteux.

Je repose mon téléphone et trompette bruyamment en marchant dans l'appartement vide. Trompette dans la cuisine. Trompette dans le salon. Trompette dans ta chambre. Le mirliton ne se déplie presque plus lorsque je m'assois sur ton lit. Ta couette rouge assortie aux coussins, à la chaise, aux tiroirs de ton bureau, au rideau de ton armoire, aux stores de ta fenêtre, n'abrite plus aucun enfant à fêter. J'ai envie d'aller me recoucher. Depuis que tu es parti, je me débats dans un ordinaire où tu n'es plus. J'ai la sensation que mon cerveau tourne à vide et que je suis devenue inutile. Suis-je encore une maman ? Suis-je une maman de loin ? Une maman du dimanche ? Une après-maman ? En abandonnant mon statut de mère au quotidien, j'ai l'impression d'avoir perdu mon énergie mais aussi mon identité. Je pense à un film de Michel Gondry où Microbe, un adolescent en fugue, dit à son copain Gasoil que sa mère l'aime trop. Est-ce que je t'aime trop pour accepter de te voir partir ?

Lorsque tu viens désormais passer un week-end sur deux avec moi, j'appréhende ton séjour avec autant de joie que d'angoisse. Je m'inquiète à l'avance de nos mots. Je redoute qu'ils nous entaillent et que tu ne reviennes plus, punition extrême. Je deviens béni-oui-oui, transparente. Servile et inconsistante. Je ne te demande pas de m'aider à mettre la table ou à débarrasser le lave-vaisselle. Je ne te reprends pas quand tu oublies de dire merci. Comme on peut parfois se comporter avec un homme qui s'éloigne, j'en fais trop, arbre plié couché sous la tempête. Je dévalise les rayons du supermarché de toutes ces choses sucrées salées huilées que je n'achète plus et que je retrouve une fois sur deux intactes le dimanche soir après ton départ. Je cuisine des lasagnes que tu ne goûtes pas, invité à déjeuner à la dernière minute par un copain. Je recense les conversations qui pourraient t'intéresser, révisant les résultats du PSG et écoutant les nouveaux raps à la mode pour pouvoir t'en parler. Je m'empêche d'aller voir certains films en espérant t'y emmener, puis finis par traquer le blockbuster qui pourrait te garder assis près de moi pendant deux heures. Je passe des nuits d'insomnie à chercher sur internet des formations au cas où tu n'aurais pas ton bac, puis des stages de survie, de secourisme, de théâtre, d'art oratoire, n'importe quoi dans n'importe quel domaine qui me donne l'impression d'être encore ta mère. Et je remplis comme je peux mes jours sans toi.

Je découvre cet état que je projetais comme un horizon lointain et abstrait, sans en imaginer l'intensité douloureuse.

Notre séparation. La vraie. Se séparer, c'est ne plus proposer. Ne plus résoudre. Ne plus veiller. Ne plus parer aux événements. Ne plus être parent, donc. Un bébé peut naître prématurément, quitter trop tôt le ventre de sa mère, mais qu'en est-il d'un jeune homme de dix-huit ans ? Tandis que je lisse ton oreiller puis arrange l'hélicoptère télécommandé qui trône encore près de ton lit, je me demande comment traverser cette épreuve. On est le 25 mars 2018 et te voilà adulte aux yeux de la loi. Tu vas pouvoir voter travailler voyager, passer ton permis, conduire ta vie seul au volant. Et moi ? Que vais-je faire, maintenant ? Pourquoi ai-je autant de mal à me projeter ? Pourquoi est-ce que je ne parviens pas à te lâcher ? Suis-je donc incapable de renoncer au sentiment de puissance que le fait de m'occuper de toi me procurait ? Les autres mères abandonnent-elles si facilement leur enfant ?

Il y a dix-huit ans, j'étais une jeune femme en train de devenir maman. Je dois maintenant parcourir le chemin inverse. Considérer ton départ comme une chance selon les dires de mes copines encore dans les couches ou les goûters. L'occasion de me redessiner toute en promesses et en libertés. Ah bon ? Au téléphone, ta grand-mère maternelle essaie de me raisonner. Tu ne peux pas exiger que ton fils revienne te voir deux fois par mois s'il n'en a pas envie. Tu ne peux pas non plus l'obliger à travailler au lycée s'il ne l'a pas décidé. Il t'aime, ne t'inquiète pas. Il est intelligent et sensible. Passionné comme toi. Fais-lui confiance. Mais ses paroles sont vaines. Je raccroche, le ventre écrasé par la solitude. Faut-il que je t'appelle toutes les semaines pour te dire mon amour ou ne pas t'alourdir avec ma houle sentimentale ? Dois-je être là quand tu viens le week-end ou ne pas changer mes plans coûte que coûte et tant pis pour toi si j'ai prévu de passer mon dimanche à la campagne avec des copains ? Puis-je te questionner pour te montrer que je m'intéresse toujours à toi ou vaut-il mieux que je reste discrète au risque que tu me croies indifférente ? Ai-je raison de te raconter mon quotidien pour te donner à penser que je vais bien, ne te rendre coupable de rien, ou ferais-je mieux de me taire, chacun sa vie chacun son jardin ? Une partie de moi aurait voulu te garder, mais l'autre sait que tu as eu raison de partir. Tu as eu raison d'aller vivre chez ton père pour te projeter dans ses pas d'homme. Il me faut juste apprendre à marcher sans toi.

Derrière le mur où s'adosse ton lit, j'entends les voisins s'agiter. Ce ne sont plus les mêmes depuis que tu es parti. Rien ne dure, je dois m'y résoudre. Le psy que je consulte à nouveau depuis peu me répète que dans les moments difficiles, il ne faut pas chercher à tout maîtriser tout comprendre. Juste lâcher. Ne pas s'épuiser à remonter le courant. Laisser le temps agir. Je relève les stores et me retrouve face à l'immeuble des années soixante-dix que tu as dû contempler des centaines de fois depuis qu'on s'est installés ici. C'est sur ces fenêtres que tes yeux devaient se poser quand on se disputait, quand tu étais triste, quand tu rêvais à tes dix-huit ans. Imaginais-tu que tu ne vivrais alors plus là ? À ma droite, la collection de livres que tu n'as pas emportés me nargue. Encore aujourd'hui, je l'étoffe de romans et d'essais que je ne désespère pas de te voir lire un jour, convaincue qu'ils te donneront ce supplément d'âme, nourriture de la pensée et de la singularité, qui change tout. À ma gauche, tes enceintes aux fils tire-bouchonnés me rappellent la dernière fois où tu m'as accusée de les avoir arrachés. À chacun de tes rares retours, c'est le même scénario. Minutieusement, tu dresses l'inventaire. Qu'est-ce qui a bougé ? Tu es persuadé que quelqu'un vient dans ta chambre en ton absence et déplace casse vole tes affaires. Ça m'exaspère. Pour moi qui n'ai jamais fouillé dans tes tiroirs et n'entre dans ton repaire qu'en frappant religieusement toc toc toc à la porte, c'est injuste. À cette époque, je ne réalise pas que tes reproches révèlent seulement ton ambiguïté, ta manière de rester là, accroché à ces murs tapissés de souvenirs, veillant de loin sur ton paradis perdu.

L'église du quartier se fait entendre et je sursaute. Le clocher vibre. Dix notes étourdissent le ciel qui bleuit sans toi à travers ta fenêtre. Je lâche ton oreiller et décide de t'organiser une fête la prochaine fois que tu viendras à Paris. Avec un cadeau inoubliable. Et si je nous offrais un trek ? Un voyage à dos d'éléphant tel que celui qu'on avait fait en Thaïlande quand tu étais petit ? Un safari-photo en Tanzanie ? Une randonnée à cheval au Kirghizistan ? Du kitesurf au Maroc ? Ça fait longtemps qu'on n'est pas partis bourlinguer à l'étranger, tous les deux. Derrière l'envie de te faire plaisir, je ne me rends même pas compte que je cherche encore à grappiller du temps avec toi, laisser mon empreinte dans ta mémoire. Il n'y a pas de cadeaux gratuits. Toute la journée, sans sortir de mon appartement, je réfléchis à ce que je pourrais t'acheter. Je voudrais un objet original pour marquer ton entrée dans le monde des adultes. Un de ceux qu'on garde toute la vie. Un de ceux dont on ne se sépare pas.

La nuit est tombée lorsque je réussis enfin à te joindre. L'appartement est toujours aussi vide, manège déserté, et j'ai plusieurs fois saisi mon téléphone avant de le reposer pour attendre le meilleur moment, une heure où je ne te dérange pas, où je sois sûre que tu répondes. Cette fois, j'ai composé ton numéro et tu as décroché. Mais ta voix atone me surprend. Tu as dîné la veille avec ton père, ta grand-mère paternelle et tes cousines, mais tu es seul ce soir. Tu es morose. Tu espérais autre chose pour tes dix-huit ans. Un feu d'artifice. Un bouquet d'émotions. Comme quand tu étais enfant, une journée magique. Au lieu de ça, il est vingt heures et tu te prépares des pâtes avec des oignons, des lardons et du curry. Accompagnées d'un verre de vin, me précises-tu nonchalamment, sans que je sache si c'est un signe de complicité, adoptant mon habitude de siroter en cuisinant, ou une sorte de revendication, vois maman comme je suis adulte. J'apprends que ton père a dû reconduire à Paris ta petite sœur après avoir déjeuné avec toi et je comprends que tu te sens abandonné. Abracadabra, le crapaud ne s'est pas transformé. Mon cœur se serre aussitôt et je te rappelle que tu peux venir à la maison quand tu veux. Même un week-end non prévu. Même en pleine semaine en cas de coup dur ou de ras-le-bol. Mais tu soupires en m'annonçant que tu as des devoirs à faire et que tu vas raccrocher. À l'autre bout du fil, j'entends ton agacement. Tu m'expliques que ce n'est pas chez moi que tu te réfugierais.

Tu as des copains pour ça. J'entends. Et je m'oblige à être fière de ta réponse. Ne pas me sentir visée, puisqu'elle signifie que j'ai tenu mon rôle. Tu refuses de prendre en charge mon angoisse et tu as raison. Tu es autonome et tu t'autorises à ne plus compter sur moi.

Un mois plus tard, je tente quand même de rattraper ta déception. Lorsque tu débarques à Paris le vendredi, tu découvres tes copains Victor, Ulysse et Solange rejoints par Achille, assis dans notre cuisine, au beau milieu d'un banquet de sushis. Les morceaux de saumon éparpillés sur la console et le bureau semblent te faire plaisir, même si tu ne le montres pas. Soucieuse de ne pas gâcher ta soirée avec mes sourires de maman en manque, je m'efforce de ne pas m'attarder. Je ne profite pas de ton regard écarquillé sur les centaines de boules de riz surmontées de tranches de poisson cru. Je ne goûte pas ton rire, une fois détendu et installé à nouveau à ta place, au bout de la table familiale. Je n'écoute pas ta voix désormais tissée de notes graves et stables qui rebondit à une blague avec une vivacité d'esprit que je ne te connaissais pas. J'apprends à m'effacer. Et je pars dormir chez une copine.

29

La photo te surprend de profil. Trait fin. Ligne courbe. Tu es en train de peser un sachet de tomates sur le plateau en métal d'une balance électronique qui clignote rouge noir. Derrière toi, des briques de jus d'orange et des tablettes de chocolat s'amoncellent presque à l'infini. Devant toi, une cliente agite ses mains comme deux petites pieuvres au-dessus d'un tas d'avocats.

Depuis le début du mois de juillet, tu t'es installé au camping d'une plage bretonne pour travailler pendant l'été au rayon fruits et légumes d'un hypermarché. Tu as ta tente, ton matelas et ton duvet. Tu as ta table et tes chaises, ton réchaud et tes conserves. Tu as tes voisins et tes copains de passage. Tu as la paix. Sur l'image, on te voit scruter le poids qui s'affiche, la bouche légèrement entrouverte. Ce qui me frappe, ce ne sont ni les gants bleus qui te fripent les doigts ni le tablier vert qui te serre la taille sous ton polo gris, mais la barbe que tu portes presque aussi touffue que ta chevelure. Quelque chose m'échappe sur ce cliché. Tu es plus grand, plus viril, plus musclé. À force de soulever des cageots, tes épaules comme ton assurance semblent s'être développées. Serviable et attentif, le sourire poli, tu t'appliques à remplir un rôle dans un univers dont j'ignore tout et je dois me rendre à l'évidence. Cette image est celle d'un homme. Tu as dix-huit ans et cinq mois et tu es devenu un homme.

Multipliant les légumes comme des petits pains colorés, le miroir installé au-dessus de ton étal me reflète dans le coin de la photo en débardeur blanc, short en jean et tongs en cuir tressé, sous les néons jaunes. À quoi est-ce que je songe en appuyant sur le bouton ? Au temps qui passe, forcément. Je suis arrivée le jour même pour partager quelques jours avec toi avant de partir en vacances de mon côté et ai loué un mobile-home dans ton camping. Après avoir posé mon sac, je me suis dépêchée d'emprunter un vélo pour te retrouver. Adossée au serveur de graines dans l'îlot central de l'hypermarché, je capte ta silhouette sans que tu me voies. Tu as les cheveux longs ébouriffés, les bras nus et bronzés, le regard avenant face à ta cliente qui te raconte sa vie de touriste et où est-ce qu'elle pourrait bien trouver du charbon pour le barbecue ? Tu colles soigneusement l'étiquette de ta pesée puis pivotes vers le fond du magasin en lui indiquant un rayon d'un geste sûr. Je suis tes mouvements avec retenue. Surtout, ne pas te faire honte. Ne pas t'envahir sur ton territoire.

C'est que depuis que tu ne vis plus avec moi, j'ai l'impression de te perdre. Tu ne viens plus me voir qu'une fois toutes les trois ou quatre semaines. Tu ne réponds ni à mes mails ni à mes messages et ne consens à m'envoyer un sms qu'après plusieurs sollicitations voire récriminations. Lorsqu'on se parle, tu te montres distant cassant impatient, droit au but sinon rien. Comme ta grand-mère paternelle qui habite au-dessous de chez ton père, tu clames désormais que l'argent fait le bonheur, tout s'achète et se vend, rien n'est gratuit, et qu'il n'est pas question d'offrir un revenu universel ou d'aider les gens qui ne bossent pas, chacun ses problèmes. Tu t'agaces quand je radote ou digresse au téléphone, te racontant la vie dans ses millimètres. Tu ne supportes pas que j'exagère la réalité pour traduire ce que j'éprouve et tant pis si c'est ma façon de partager mes émotions avec sincérité. Tu sembles prendre plaisir à me donner les réponses les plus courtes possible et prétends à l'unisson de ton père que tu ne liras pas mes mails s'ils font plus de deux lignes. Ton professeur de français t'a pourtant encouragé à écrire, vantant ta plume et ta pensée et ta culture, mais tu lui as répondu que tu ne t'y aviseras pas de peur de me dépasser. Tu me soutiendras la même chose lorsque je te parlerai de mes premiers scénarios. Tu as plein d'histoires dans la tête, une imagination foisonnante, un instinct de psy, mais tu ne veux pas risquer d'être meilleur que moi. Ce qui est touchant, c'est que tu ne réalises même pas qu'en décrétant cela, tu avoues juste ton besoin de t'asseoir encore un peu à l'ombre de mes bras.

Ta cliente s'éloigne avec son sac de tomates et tu m'aperçois enfin. Tes yeux verts s'éclairent. Tu viens aussitôt à ma rencontre en me souriant et je me hisse sur la pointe des pieds pour t'embrasser avec une sorte de trac. Je réfrène ma main qui s'apprêtait à redresser le col de ton polo. Je ravale mes mots qui allaient te rappeler la morsure de la climatisation. Si je veux que le lien résiste sans se rompre, je dois apprendre à être ta mère différemment. Ne plus m'inquiéter que tu tombes malade. Ne plus m'assurer que tu manges correctement. Je dois apprendre à te retrouver non comme un enfant mais comme un adulte. Respecter ton rythme et ton espace, tes élans et tes silences. Tu me dis que tu es content de me voir, puis m'annonces d'une voix importante que tu finis à dix-sept heures et que je n'ai qu'à t'attendre. On rentrera ensemble à vélo. Je n'ai pas le temps d'ajouter quoi que ce soit qu'une collègue t'envoie chercher un chariot de pêches dans la chambre froide. Tu me fais un clin d'œil et disparais tandis qu'un sentiment de fierté me submerge. C'est ton premier job d'été, premiers pas dans la vie boulot dodo des adultes. Quel chemin parcouru. Rejetant l'emploi que t'avait trouvé ton père, non loin de la maison de vacances de ta grand-mère paternelle qui t'aurait pourtant accueilli les bras ouverts, logé nourri et que ça saute, tu t'es débrouillé seul pour décrocher ce poste. Mais tu avais tes raisons. Tu as une nouvelle copine et elle vit ici.

Tu me l'as annoncé il y a quelques mois lors d'un de tes week-ends à Paris. J'étais en train d'écrire dans mon bureau quand tu avais déboulé avec ton ordinateur. Maman, je veux te présenter quelqu'un. Tu avais tourné l'écran et une jolie fille aux traits gourmands, yeux marron cheveux longs, m'avait dit bonjour Madame en agitant timidement sa main. J'avais été prise de court, touchée que tu continues à me juger digne de confiance malgré nos accrocs. Tu étais amoureux et elle s'appelait Flora. Bien sûr, tu t'étais amusé depuis ta précédente rupture. Et tu ne t'étais pas privé de me le signifier, fier comme un paon, entre deux phrases sans importance. Des filles avaient traversé tes nuits. Des aventures. Des expériences que je ne soupçonnais sans doute pas. Mais tu avais aussi été triste, déphasé, et te savoir à nouveau aimé m'avait rassurée. Tu plaisais et tu allais recommencer à te sourire dans le miroir. As-tu eu un coup de foudre ? Il paraît que c'est souvent le cas à ton âge. Un coup de foudre qui tranche avec la monotonie du quotidien en famille ou en classe. Je crois me souvenir que tu l'avais rencontrée à une soirée, invité par un copain de l'internat avant de t'en faire virer. Que se serait-il passé si tu ne l'avais pas croisée ? Serais-tu quand même allé habiter chez ton père près de chez ses parents ? Aurais-tu quand même investi ce bord de mer, l'océan, les embruns bretons et la flore marine ?

Flora devient ton cœur, ton poumon, ton cerveau cette année-là. Tu le répètes à la cantonade, une main sur la poitrine. Elle seule te comprend. Elle seule te complète. Tu as tant besoin de partager ses rires et ses pensées que tu espaces encore plus tes week-ends avec moi. Tu dépenses tout ton argent de poche en tickets de bus pour te rendre chez elle et tu es souvent à découvert sur le compte bancaire que ton père t'a ouvert. Tu rêves d'obtenir ton permis de conduire et prends parfois les commandes de son scooter, goûtant à la liberté de vous déplacer jour et nuit, ailleurs et ici. Lorsque tu viens me voir, contraint et forcé, tu restes enfermé dans ta chambre et passes des heures au téléphone au milieu de tes cours de maths et de physique que tu ne révises pas. Des soirées à imaginer vos prochaines retrouvailles en regardant la lune, amoureux funambule sur le rebord de ta fenêtre. Ce que j'avais observé se confirme. Tu es un romantique. Contrairement à ta génération qui se jure paraît-il fidélité mais pas forcément longévité, ancrée dans l'aujourd'hui sans penser à demain, toi, tu te projettes sans réserve. Tu fusionnes à l'ancienne. Tu es tout entier ton couple. Elle. Comme moi lorsque j'étais avec ton père, tu éprouves ce besoin de te fondre dans l'autre pour exister, mieux dans sa peau que dans la tienne. Est-ce ma façon d'aimer qui t'a contaminé ?

Ce qui est sûr c'est que ta passion te porte et nous distance un peu plus. Avec ta sensibilité buvard, tu ne perds pas une occasion d'en prouver l'intensité à Flora, n'ayant jamais eu peur de traduire tes émotions en mots et en actes. Tu épouses sa vulnérabilité que tu te mets en tête de protéger, chevalier sans armure, quitte à te laisser déborder. Instinctivement, tu adoptes ses gestes, ses secrets, ses quêtes, ses projets. Elle aime le cinéma, l'histoire, les sciences naturelles et veut devenir archéologue. Toi aussi. Ou chercheur en biologie sous-marine. Vous partagiez déjà les mêmes goûts, les rencontres naissent d'intersections, mais tu les cultives plus encore à ses côtés, fasciné et grandi. Tu adoptes même sa famille, avec laquelle tu m'expliques adorer déjeuner le dimanche, toi qui te moquais tant de ce rituel quand on vivait ensemble, petite couleuvre à avaler. Mais tu es heureux et, en dépit de ton passage en terminale avec un niveau en dessous de la moyenne et pas mal de points perdus au bac de français, je m'efforce de l'être aussi.

La fin de journée s'étire sous les rayons du soleil lorsque je te retrouve comme prévu dans la galerie marchande. On enfourche aussitôt nos vélos pour rallier le camping. Sur la petite route bordée de vaches, de prés et de colchiques, fleurissent fleurissent, je te pose mille questions auxquelles tu ne réponds pas. On ne s'est pas vus depuis un mois mais une seule chose t'importe à cet instant. Retrouver Flora. Tu me préviens qu'on ne dînera pas ensemble tous les soirs, car tu as besoin de te détendre après ta journée de travail. Retrouver Flora. Tu as prévu d'aller à la plage. Retrouver Flora. Tu as rendez-vous au lac derrière le camping. Retrouver Flora. Même si elle n'est pas toujours disponible d'après ce que je comprends. Tu t'es installé là pour être près d'elle et tu redoutes ma présence comme un chien dans un jeu de quilles. Ici comme à Paris, le dérapage n'est jamais loin et je dois faire attention à ne pas t'envahir. Il suffit d'un seul geste, d'une seule intonation de nos voix pour que je te réenvisage aussitôt comme un enfant à protéger et que tu me renvoies l'image d'une mère à rejeter. Une seule recommandation maladroite, couvre-toi il fait froid ou n'oublie pas d'appeler ta grand-mère pour la remercier de son cadeau, pour que notre fragile équilibre bascule et qu'on se retrouve happés par nos anciens conflits. Alors, je veille. Pendant toute la fin de notre séjour, je veille à ne pas retomber dans nos travers. Dire l'exact. Noyer l'inutile, le subjectif, le trop-plein. J'ai lu qu'être un parent célibataire impliquait presque toujours une relation fusionnelle avec son enfant. Surtout s'il est unique. Surtout s'il est de sexe opposé. Quoi qu'il advienne, les garçons restent inconsciemment le grand amour de leur maman. Et réciproquement. Ce qui explique sans doute la litanie de reproches que tu abats sur moi cet été-là. Tu me rends responsable de ton départ de Paris. Tu m'en veux de ne pas avoir été assez présente. Tu m'en veux d'avoir été trop présente. Des critiques que je reçois comme une volée de plombs, avant de me rappeler encore et encore que tu exprimes juste ta peur de l'inconnu. Comme moi, tu as du mal à te détacher et il faut que je t'aide.

Dix jours après, je mets le cap sur une île grecque. Sur les conseils d'une nouvelle connaissance, je m'installe seule dans une minuscule maison troglodyte à flanc de falaise pour l'été. Puisque tu ne veux plus partir avec moi. Puisque je n'ai plus aucune obligation. Je m'envole. Pendant un mois et demi. Une éternité. Depuis mon voyage à la rencontre de ton grand-père, c'est la première fois que je m'éloigne de toi si longtemps.

30

Tu grognes. Ton père soupire. Je tremble. À quoi ressemble une famille ? À quoi ressemble une famille quand elle ne s'est pas réunie, cercle incongru, depuis dix-sept ans ? Lorsque je demande à ton père de nous photographier ce jour-là, assis devant nos boissons fumantes à la terrasse d'un café, tu commences par refuser. Tandis qu'il relève ses lunettes de vue sur ses cheveux gris et qu'il éloigne l'appareil, tentant péniblement de nous inscrire tous les trois dans le cadre, tu résistes de ta voix rugueuse. À quoi ça sert ? Je souris et t'enlace. Je glisse mes bras autour de vos deux cous. Je pose mes mains sur vos épaules. Sous mes doigts, le tissu de vos vêtements a la douceur du souvenir.

Le matin même, ton lycée nous a convoqués pour statuer sur ton avenir et j'ai sauté dans un train pour vous retrouver. Autour de la table, il y avait ton proviseur que je ne connaissais pas, tes professeurs de maths et de physique avec qui j'avais parlé quelques fois au téléphone, ton infirmière, ton père, toi et moi. Au total, six personnes t'ont demandé de te prononcer sur tes mauvais résultats. Comment vois-tu la suite ? Quels sont tes projets, tes désirs, tes motivations ? On est au deuxième trimestre de ta terminale et tu ne travailles pas assez en dépit du bac qui agite la fin de ton année, carotte suspendue au-dessus de ta mine renfrognée. Tu sèches un contrôle sur deux. Tu ne te passionnes plus pour les cours de philosophie et de sciences naturelles qui t'emballaient tant. Ni pour ceux d'histoire qui analysent les enjeux des prochaines élections européennes où tu vas pourtant pouvoir voter. Surtout, ton humeur s'est modifiée. Tu es taciturne. Imprévisible. Tu te balades désormais seul dans la cour de récréation, le dos voûté, le visage mangé par une barbe mal rasée, des gouffres à la place des yeux. Depuis le mois de septembre, c'est simple, tu n'es plus qu'une ombre sous la capuche de tes pulls préférés. Ton histoire d'amour avec Flora s'est terminée et tu vis cette rupture comme un échec global. Comme une page de ton adolescence qui se tourne sans que tu saches comment. Tu as dix-huit ans et onze mois et tu te sens abandonné. Tu as perdu le contrôle, le sens, l'envie.

Quand tu viens encore parfois me voir à Paris, j'assiste, impuissante, à ton enfermement. Au moment même où je me remets en mouvement, tu t'immobilises à nouveau, acculé au mur de ta tristesse, et je ne sais comment réagir. Impossible de te parler sans te blesser. Impossible de te raisonner prudemment, une de perdue dix de retrouvées, tu es un garçon extraordinaire, pense à toi. Impossible de te sortir de ta chambre pour t'emmener au cinéma ou à un brunch chez des copains, faire les boutiques ou les marmottes devant un film sur le canapé. À peine me suis-tu encore au restaurant japonais le vendredi soir selon ce qui reste un rituel, imprégné de ton silence et de l'odeur des cigarettes que tu vas régulièrement te rouler sur le trottoir, tandis que je patiente en t'adressant des grimaces toto tête de veau de l'autre côté de la vitre. Les mois passent, collés comme un train dont je ne distingue pas les wagons, et je recommence à ne plus penser qu'à toi, emmêlée dans cette projection du futur qu'on ne maîtrise ni l'un ni l'autre.

Il paraît que les peines de cœur ravivent des séparations plus anciennes. Ce moment où, au cours des premiers mois de la vie, on a dû renoncer à la fusion maternelle, au fantasme d'être entièrement pris en charge par quelqu'un d'autre que soi. Tu espérais vivre avec Flora dans ce lien originel et absolu, louer un appartement et t'installer avec elle l'année prochaine, heureux comme un nouveau-né, mais c'est raté. D'autant plus raté que la quête est vaine. Personne ne peut combler tes manques et t'aimer si tu ne t'aimes pas toi-même. Il faut du temps pour se connaître et se donner, vérifier que l'autre est ébloui par ce que nous sommes et pas par son propre reflet dans nos yeux.

La photo nous rassemble tous les trois, ton père, toi et moi, sous un soleil hivernal, devant des tasses et des verres d'eau, juste après être sortis de ton lycée. L'équipe pédagogique trouve que tu marches de travers et redoute que la dernière ligne droite vers le bac te précipite à terre, soldat épuisé. Elle t'a proposé de réfléchir à ton avenir immédiat, faire une pause peut-être, revenir l'année prochaine pour reprendre une terminale ou imaginer un autre chemin qui te ressemble, il y a tant de manières de devenir. Tu as passé tes vacances de février à faire du bénévolat dans un club de voile breton et pourquoi est-ce que tu n'y retournerais pas ? Leur discours m'a ébranlée. Sont-ils sincères ou juste inquiets pour leur taux de réussite ? Dois-je vraiment t'encourager à abandonner ta scolarité quatre mois avant de la conclure ? Comment vas-tu te débrouiller pour te réinsérer dans une salle de classe après avoir joué les Robinson Crusoé ? Es-tu assez mûr, surtout, pour prendre seul cette décision ? Devant nos six têtes flottantes et partagées, les avis des uns et des autres, valses d'hésitations balles de plomb, tu as annoncé courageusement que tu allais réfléchir. On a pris congé et on s'est tous les trois engouffrés dans la voiture de ton père.

Qu'as-tu ressenti, assis sur la banquette arrière, tandis qu'il tenait le volant et que je respirais doucement près de lui, m'efforçant de contenir mon émotion en déployant le moulin de ma parole. Je me souviens avoir discrètement touché ma ceinture de sécurité pour me convaincre que je ne rêvais pas. Ton père, toi et moi, dans le même espace. Tes parents ensemble comme au berceau de ta naissance. Est-ce que tu t'es pincé pour t'assurer de cette réalité, toi aussi, ou bien étais-tu trop assommé par la réunion au lycée ? Afin de ne pas te quitter si vite et tenter d'éclairer ta réflexion, j'ai proposé qu'on s'arrête boire un verre avant que je regagne la gare et ton père a accepté. Je ne m'y attendais pas. Même si à peine installé, il n'a pas pu s'empêcher de se relever pour accélérer notre commande au comptoir. Siffloter bruyamment comme il s'y employait il y a vingt ans lorsqu'il était mal à l'aise. Racler sa gorge et chercher ses phrases tel un promeneur perdu son chemin. Une fois qu'on a été servis, j'ai voulu entamer la discussion sur ta scolarité, cette suite tant redoutée, mais tu t'es fermé et je n'ai pas insisté. À la place, j'ai attrapé mon téléphone et l'ai tendu à ton père en lui demandant de nous photographier. Puis j'ai posé fébrilement mes mains sur vos épaules. Fusion fugace. Souvenir éphémère d'une famille nucléaire.

L'image n'est pas nette et ton visage est froncé. Tes sourcils. Tes mâchoires. Tes lèvres. Ton regard vacille, danseur gauche et fragile pris dans de la cire, et tu sembles au bout de ta vie selon l'expression que tes copains et toi employez à longueur de journée à cette époque. Le coquillage suspendu au lacet de cuir qui entoure ton cou ne te donne aucune énergie. Que vas-tu décider ? Au bord du nid, l'oiseau doit s'élancer. Et en assumer seul les conséquences. Tes professeurs ont beau avoir répété que tu retrouverais ta place en septembre si tu le souhaitais, je n'y crois pas. Je ne pense pas qu'on puisse revenir sur des bancs d'école après les avoir quittés quand on s'y sent aussi à l'étroit que toi. Du moins pas avant d'avoir vécu. Mais je m'efforce de me taire cette fois. Face à toi, ton père affiche une expression aussi barricadée que la tienne, le menton pointillé d'une barbe blanche, le col d'un polo noir à manches courtes boutonné jusqu'au cou. Qu'éprouves-tu tandis que le clac de l'appareil se fait entendre ? Es-tu troublé de te retrouver entouré de tes deux parents ? Avec mon chemisier vaporeux et mes bras menus, mes racines couleur châtaigne que j'ai teintes pour la première fois cet hiver et mes longs cheveux enroulés autour d'un crayon, j'ai l'air d'une gamine à côté de ton père. Aurais-tu eu le même parcours scolaire si on était restés mariés ? Tandis qu'il éloigne l'appareil pour enregistrer une autre image, tu soupires. Sais-tu déjà où tu seras le mois prochain ou bien es-tu trop étourdi par la situation ? As-tu conscience de devoir prendre la première grande décision de ta vie d'adulte ?

Ce jour-là, je m'oblige à garder le silence. Je m'oblige à ne pas redouter les blancs dans tes connaissances, le manque d'outils de raisonnement et de méthodologie. Je tais mon angoisse de ne pas te voir suivre la route balisée du troupeau. Avoir le bac. Faire des études supérieures. J'espère ton retour dans les clous. Mais deux jours plus tard, ton père m'envoie un message pour m'apprendre que tu as choisi d'abandonner le lycée et de te mettre au vert salé de l'océan. Tu ne m'en as rien dit. Le mail que je t'écris pour te livrer mes inquiétudes et ma déception de ne pas avoir été consultée ne change rien. Tu ne me réponds pas et je dois me rendre à nouveau à l'évidence. Tu ne veux plus que je me mêle de ta vie.

Les semaines suivantes, je m'efforce donc de respecter ton souhait. Tu as quitté le domicile de ton père pour t'engager comme bénévole dans l'association de voile où tu as déjà travaillé, logé nourri blanchi, et je ne sais plus rien de ce que tu vis. Au téléphone, tu ne t'épanches pas. Quand tu viens me voir une fois tous les deux mois, tu ne restes pas longtemps. Tu es là. Tu n'es plus là. J'apprends à trouver ça normal. Pour me détourner de toi, je m'inscris dans une salle de sport. Je me forme à la dramaturgie, au court-métrage, à la vidéo, à la réalisation, au montage, à la psychologie des héros. Je suis des cours d'anglais, des séances de coaching, des ateliers de développement personnel. Je participe à des cercles de parole et à des méditations bouddhiques. Après être partie un mois au Vietnam au début de l'année, j'envisage de me rendre un trimestre à New York, puis de m'installer n'importe où à l'étranger. N'importe où en Grèce, au Brésil, en Indonésie, en Inde, en Italie. N'importe où pour ne pas être tentée de te couver à distance.

Ce qui est curieux, c'est que je m'affranchis aussi de ton père à cette période. Il a entamé une procédure pour me demander une pension rétroactive pour l'année où tu as vécu chez lui à plein temps, et, passé la déception de n'avoir toujours pas trouvé le moyen de m'entendre avec lui, espoir noyé dans nos tasses de café, je décide de lâcher prise. Je ne lui envoie plus de messages pour partager mes craintes et qu'est-ce qu'il en pense ? Je ne le préviens plus lorsque j'ai de tes nouvelles. Presque dix-sept ans après notre rupture, je me sépare enfin de lui. Et sans m'en rendre compte, je dénoue encore un peu plus le cordon qui m'attache à l'enfant que tu as été entre nous.

31

Tes cheveux frisent sous le casque mat. Les lunettes de ski que tu as remontées sur ton front accrochent le ciel des Pyrénées. On est arrivés il y a deux jours chez tes grands-parents pour les vacances de Noël et c'est un ami d'enfance qui nous fige côte à côte, dans un même blouson bleu montgolfière, juste avant de prendre un télésiège. Tandis que je me serre contre toi, la joue posée sur ton épaule et la joie de te retrouver dessinée en demi-cercle sur le bas de mon visage, tu clignes de l'œil, dérangé par le soleil et mon empressement à te coller. Bien qu'on ne se soit pas vus depuis trois mois, tu regrettes d'être là. C'est ce que tu ne cesses de me répéter depuis qu'on s'est rejoints à l'aéroport. Une semaine avec moi, c'est trop long, c'est l'angoisse, c'est un piège. Comment est-il possible que je te manque si peu ?

Après avoir navigué au printemps et pendant l'été comme bénévole dans ton association de voile, tu as choisi à la rentrée de te former aux métiers du nautisme dans une école dédiée. Pendant que tes copains et leurs parents bataillaient avec le nouveau logiciel de l'Éducation nationale, tu t'es démené seul pour obtenir une allocation et tu as loué un appartement avec deux amis dans lequel tu as emménagé grâce à la voiture et au coup de main de ton père, sans me demander de venir vous aider. Sans qu'on fasse le tour des boutiques pour te dégoter une housse de couette, un tapis, des assiettes. À peine t'ai-je accompagné dans la signature du bail, la souscription d'une assurance habitation et le versement de la caution, en plus de la pension que je te vire désormais directement tous les mois. Tu t'es installé dans ta nouvelle vie sans que je puisse t'y projeter. Tu t'es soustrait à notre relation comme à mon imagination. Y a-t-il des livres dans ta chambre ? De quelle couleur sont les murs ? As-tu accroché des photos ? Que vois-tu lorsque tu ouvres ta porte ou tes volets le matin ? Tu ne veux plus que tes parents se mêlent de tes affaires et, après l'avoir remercié d'avoir joué le chauffeur, je sais que tu as aussi imposé cette distance à ton père. Tu refuses désormais de respirer le même air que nous.

Ça a été le même constat lorsque je suis venue te récupérer à l'aéroport il y a quelques jours. La même danse au beau milieu des retrouvailles et des séparations. Le même refrain du viens mais va-t'en. Tandis que je te guettais dans le hall de sortie, scrutant un à un les passagers qui franchissaient le sas en attendant de me précipiter vers toi, le cœur gonflé de bonheur prêt à éclater, c'est ma chair c'est mon fils, tu avais filé dehors sans même me chercher. Esquivant mon attente, tu étais parti fumer une clope et pourquoi est-ce que j'en faisais toute une histoire ? Puis tu t'étais inquiété du sandwich que tu m'avais commandé par sms avant de décoller, et avais râlé à cause de la rondelle de tomate qui s'y trouvait. Tu détestais ça. Comment avais-je pu oublier ? Comment une mère pouvait-elle ne pas se souvenir des goûts et dégoûts de son enfant ? Tu avais toussé avant que je puisse pointer la puérilité de ta réaction. Avec une moue de provocation, tu avais ajouté que tu crachais du sang depuis une semaine et je t'avais aussitôt proposé de t'emmener dès le lendemain faire une radio en bas de la station. Mais devant mon inquiétude, tu avais soupiré en expectorant de plus belle. Une toux rauque et grasse comme un moteur saturé d'huile. Tu ne m'avais rien demandé. Tu irais chez le médecin si tu le décidais et peu importe ce que j'en pensais. Dans la voiture qui serpentait vers tes grands-parents, tandis que je roulais, les yeux plantés dans le bitume alourdi de nuit et déjà déconfits, j'avais tenté de ne pas dramatiser. Je devais accueillir tes dix-neuf ans et neuf mois, l'enfant devenu adulte, même si tu tâtonnais et te trompais. Mais comment pouvais-je te regarder avec de nouvelles lunettes si tu ne changeais pas de lentilles toi aussi ? Quand est-ce que tu arrêterais de me répéter que tu n'étais plus un gamin tout en continuant à te comporter comme tel ?

Tu me dépasses d'une tête sur la photo. Droit sur tes jambes flottant dans le pantalon de ski trop grand que t'a prêté ton grand-père, tu alignes ton sourire forcé entre ta moustache et ta barbe le temps d'un clac qui t'agresse, prison invisible. Derrière toi, on distingue quelques sapins poudrés de neige. Je glisse ma main autour de ta taille et tente de te chatouiller. Pourquoi es-tu si tendu ? Pourquoi ne parviens-tu pas à profiter de cette journée avec légèreté ?

Une minute plus tard, tu chausses ton surf et disparais dans le blanc des pistes. Lorsque je te rejoins à mi-parcours, tes traits se sont éclaircis. Le soleil et le froid rosissent tes joues. Le grand air a chassé les nuages, cirrus et cumulus, et je m'efforce de goûter l'accalmie. Je te suis de près pour jouir de la montagne avec toi. Ne pas perdre un éclat sur tes lèvres, une lueur de plaisir dans tes pupilles. Des provisions pour plus tard. Plus tard, c'est-à-dire le soir même. Car à peine on retrouve tes grands-parents pour dîner que tu te renfermes aussitôt. Entre nous, l'harmonie ne tient pas. Des ombres agrippent chaque coin de tes silences. Tu t'affales sur le canapé comme dans un bunker, tandis que je dresse le couvert dans la salle à manger. Faut-il que je te demande le coup de main que tu ne m'as pas spontanément proposé ou vaut-il mieux ne pas gâcher ces rares moments qu'on partage désormais ? J'hésite. J'hésite et finis par te rappeler à l'ordre. Quand renonce-t-on à éduquer un enfant ? Quand renonce-t-on à endosser les uniformes passés ?

C'est aussi valable pour moi. À peine débarquée dans la maison de mon enfance lors de ce séjour, je reprends ma place autour de la table et abandonne la responsabilité des fourneaux autant que de l'espace à ta grand-mère, les jeux de rôle ont la vie dure. Je la laisse rythmer notre quotidien et interagir avec toi sans m'en mêler. Ce jour-là, pendant le repas, elle t'encourage à te resservir comme elle s'y emploie avec moi depuis toujours, il faut manger, puis vérifie que tu as pris tes antibiotiques, avant de regretter bruyamment toutes ces cigarettes que tu plantes entre tes lèvres comme de la mauvaise graine, et tu ripostes. Une mère, c'est déjà trop pour toi en ce moment, mais une mère et une grand-mère, c'est au-delà de tes forces. Tu réponds sèchement que tu n'es plus un enfant et te rues sur internet pour avancer ton vol. Fini le sacrifice. Tu m'annonces que tu vas penser à toi. Puis tu découvres le surcoût et me lances, furieux et vaincu, que c'est la dernière fois que tu viens en vacances avec moi, avant de claquer la porte et de sortir sans un mot avec ton tabac et tes feuilles à rouler. Devant ta grand-mère désolée autant que courroucée, le silence qui écrase nos assiettes pas terminées, je ne peux que constater mon échec. Notre relation n'est toujours pas apaisée et le monde autour en est éclaboussé.

Trois jours plus tard, alors qu'on est en route pour regagner l'aéroport et que je freine brutalement pour éviter une voiture qui nous a fait une queue de poisson, tu profites de l'incident pour vider froidement ton sac. Tu détestes ma conduite. Tu as détesté ce séjour. Tu détestes tout ce que je suis. Mes valeurs, mes pensées, ma façon d'argumenter, et même ma voix. Tu poursuis en me traitant de mouton, de naïve, de trop gentille. Tu affirmes qu'on ne se ressemble ni physiquement ni moralement. C'est simple, tu ne me supportes pas. Je t'empêche de grandir, je t'étouffe. Tu précises que si tu avais vraiment voulu qu'on se sépare, tu m'aurais écrabouillée ces derniers mois. Je ne comprends pas bien ta phrase, ce verbe, mais m'oblige à ne pas t'interrompre. Tu as bien réfléchi et tu es convaincu que je n'arrive pas à te lâcher les baskets parce que j'ai été abandonnée par mon père avant ma naissance et que je projette ce manque sur toi qui n'as pourtant pas la même histoire. Ce comportement te donne envie de me fuir à ton tour. Tandis que je m'accroche au volant pour m'obliger à t'écouter jusqu'au bout, ne pas briser ta parole, volcan en éruption, tu précises que tu ne veux pas me faire de peine, mais que tu n'éprouves pas de plaisir à passer du temps avec moi. Tu n'aimes pas les gens, est-ce que c'est clair ? Tu n'as pas besoin d'être en famille à Noël. Tu as horreur de ce grand déballage de nourriture, d'argent, de cadeaux, et pourquoi gaspille-t-on autant au lieu d'aider les autres ? Tu voudrais aussi que j'arrête de t'appeler mon chou et de parler à ta place comme si je savais qui tu étais. Tu voudrais que je t'écoute. Qu'est-ce que je ne comprends pas dans ton désir de solitude ? La mer te manque.

Devant la salve de reproches, coups de poing uppercuts crochets, j'ai la tête qui tourne. Tes mots ne sont qu'impulsions et débordements, tirs à vue et réactions, et je ne sais comment les accueillir. Je n'entends même pas leur écho déchirant, cette peur terrible d'abandonner ton enfance. Bouleversée, je finis juste par bégayer que je t'aime et que je ne veux que ton bien. Puis je te questionne doucement. Que faire pour que tu te sentes mieux ? Tu réfléchis longuement, une éternité, peut-être trois ou quatre kilomètres, avant de me répondre. Tu voudrais qu'on ne se parle plus pendant un temps. Tu voudrais que je ne t'appelle plus. Le volant que je serre entre mes mains dévie à peine lorsque je te donne mon accord sans te regarder. Juste avant de sentir l'entaille dans ma poitrine et d'envisager de tout plaquer pour étouffer la douleur. Partir vivre à l'étranger pour de bon. Changer de vie de métier d'amis. T'oublier. Et puis je me souviens que ce n'est pas à moi de te quitter, mais à toi. Je n'ai pas le choix.

Je dois te laisser me rejeter.

32

Les arrière-grands-parents meurent. Les grands-parents vieillissent. Les parents se rident. Les enfants grandissent. Les repères vacillent. Les rôles changent. Coincé entre ton passé et ton futur, une suite d'expériences et de moments, tu te fabriques désormais un présent dont j'ignore tout. J'ai été la petite-fille de ton arrière-grand-mère, la fille de ta grand-mère, puis ta mère. J'ai été la femme de ton père, puis son ex. Ensemble, lui, toi et moi, on a été une famille, puis des parents séparés avec un enfant en garde alternée. Aujourd'hui, on est trois adultes aux vies parallèles, chairs mêlées agitées de souvenirs, dont les routes désormais opposées ne se touchent plus.

Je bois un verre de vin devant la télévision éteinte, lorsque je me photographie ce jour-là avec mon téléphone portable. Dans le cadre, on aperçoit mes jambes nues étendues sur la table du salon et l'écran sur lequel se reflète ma silhouette. Mes ongles vernis paillettent l'arrière-plan de l'image, non loin du signal de mise en tension. Leur teinte tranche avec l'orange du plateau sur lequel reposent un bol rempli d'olives vertes et une bouteille. Ça fait deux mois que je n'ai pas entendu ta voix. À la plupart de mes amis qui s'inquiètent de toi, je n'avoue pas l'absence de contact, la rupture du lien. Je ne confie pas la tristesse fragmentée dans mon crâne comme autant de petites vis. Je n'explique pas qu'on n'a pas su se séparer en douceur, toi et moi. Qu'il a fallu qu'on s'égratigne un peu beaucoup pour réussir à se quitter. Qu'on a eu besoin de convoquer la violence, une frontière de mots durs et pointus comme du barbelé, pour ne pas faire machine arrière. Je réponds juste que tu vas bien.

Dans le carré sombre de la télévision, page noire et vierge, je ne vois pas mon visage. Seule la tache pâle de mon tee-shirt crève la surface. Mon corps semble si petit. Je crois que mes cuisses se sont amincies ces derniers mois. Je ne suis plus un giron. Mon ventre s'est creusé comme s'il avait accepté que tu l'aies définitivement quitté. Il m'aura fallu dix-neuf ans et onze mois de grossesse pour reconnaître mon accouchement, cordon coupé cicatrisé, ta présence au dehors. Que fais-tu à cet instant précis ? Est-ce que l'apprentissage des métiers de la voile te plaît toujours ? Est-ce que tu es bien installé dans ton appartement ? Tandis que j'avale une gorgée de vin, consolation liquide, je me demande si tu prends correctement soin de toi. Cuisines-tu ou collectionnes-tu les cartons de pizzas ? T'es-tu constitué une armoire à pharmacie ? Sais-tu t'organiser pour payer tes factures et les classer au même endroit pour les retrouver ? À ton insu, tu portes le reflet de mes habitudes et de mes angoisses. Tu portes aussi mes blessures et mes rêves comme la plupart des enfants.

As-tu à cœur de répondre à mes vœux secrets ? As-tu souhaité cette rupture pour me surprendre lorsque tu te seras élevé à la puissance de tes bras et que je sois fière de toi ? Je sais combien partir permet de renouer avec soi. As-tu mis de la distance entre nous pour rétablir un équilibre et instaurer un socle d'égalité ?

Les mois défilent et j'apprends à ne plus m'inquiéter pour toi. Je m'efforce de te faire confiance. J'apprivoise ton éloignement et transforme la couleur de ton absence. Pour compléter mes revenus mais aussi pour l'aventure, le changement d'air et de repères, je mets de plus en plus souvent en location ce qui fut notre nid, la chambre qui t'a vu devenir, et voyage ici et là, chez des amis à Paris et ailleurs. Le soir et le week-end, je me mêle à de nouvelles personnes, m'essaie à de nouvelles activités. Tout est bon pour me réinventer. Ne pas t'appeler. Réfréner ma main qui s'approche du téléphone. Je dois respecter ton souhait, ma parole, notre histoire. Je dois te laisser me quitter puis revenir à moi quand tu seras prêt. Intégrer ta métamorphose. Ton silence. Je suis la mère d'un garçon qui s'appelle silence. Cette année-là, je sors beaucoup et je croise même un homme. Un homme brillant et fantaisiste, pierre lunaire, qui me séduit. Un homme du passé surgi à la surface de mon présent. Un homme connu peu après avoir quitté ton père, que je n'avais pas su rencontrer à l'époque malgré le battement parallèle de nos ailes. Une histoire de temps, encore. Et sans doute d'espace.

33

Le vent souffle dans nos pulls légers. Le mât des bateaux cliquette dans notre dos. Comme un napperon, les nuages dentellent au-dessus des grand-voiles et on aperçoit les remparts de la ville close qui bordent le port d'un liseré de pierres claires. Je suis venue passer la journée avec toi pour fêter tardivement tes vingt ans et tu souris calmement sur cette image. On sourit calmement. Tes cheveux bouclettent sur tes joues, champ de blé ceinturé par la casquette grise que tu portes à l'envers, tandis que les miens volettent sur le col froissé de ma chemise. Les sourcils froncés par la réverbération, le menton piqué d'une barbe en bataille, tu te tiens au-dessus de mon épaule avec une quinzaine de centimètres de plus que moi. Une expression amusée plisse la commissure de nos lèvres. Te rends-tu compte que nous avons changé ? Ce qui a commencé il y a presque trois ans s'est enfin terminé, résonnez trompettes. La séparation a eu lieu et elle ne fait plus mal.

C'est toi qui as repris contact. Après deux mois sans mêler nos mots, tu avais fini par m'appeler un soir d'hiver. Enthousiaste, tu m'avais raconté tes monitorats de planche à voile, de dériveur et de catamaran, tes permis côtier et hauturier. J'avais prudemment enchaîné sur une ronde de questions simples, pas de reproches, le passé est passé. Mais tu m'avais coupé la parole. Dans la fourrure de ta voix, j'avais entendu des excuses. Ça faisait plusieurs semaines que ça t'alourdissait la tête. Tu avais été injuste. Je te manquais. Tu voulais qu'on se parle à nouveau lorsqu'on en avait envie. Comme une marée, j'avais senti ma poitrine se remplir puis se vider puis se remplir encore. Un rien de lumière avait éclairé la pièce. J'avais eu besoin de quelques secondes pour ravaler mes larmes, désensabler la terre morte de ces derniers mois, et te répondre. Oui. Pas un mot de plus, les équilibres sont si fragiles. J'avais acquiescé en espérant que tu n'entendes pas le jaillissement liquide dans ma gorge, puis je t'avais proposé de venir te voir pour fêter ton anniversaire. Passer un après-midi ensemble. Juste un après-midi, avais-je souligné pour que tu ne te sentes pas envahi. À ton tour, tu avais dit oui. Les mois étaient passés, tu avais été disponible puis indisponible, nos retrouvailles sans cesse reportées, jusqu'à ce que je te rejoigne à la fin de l'été.

Quelques heures avant cette photo, tu es venu m'attendre à la sortie du car sur le port. Habillé du tee-shirt orange emblématique de ton club de voile et d'un jean délavé troué aux genoux, une cigarette à la main, tu m'as cherché des yeux, balayant les vitres opaques d'un regard inquiet, pressé de t'assurer que j'étais bien là. En me voyant descendre la première, ton visage s'est éclairé d'un coup, joie enfantine et spontanée. Tu t'es approché de moi pour m'embrasser et un serpentin d'écume tiède est sorti de ta bouche. J'ai inspiré ton odeur, tabac roulé sueur salée, puis on a timidement pris la direction d'une crêperie. Après avoir grignoté, bu, discuté d'ici et d'à côté, je t'ai offert tes cadeaux. Deux livres et une gourmette en argent qu'il me semblait t'avoir entendu convoiter. Raté. Tu m'as remercié, grimace forcée, et je t'ai aussitôt invité à la changer. Tu as dit je ne veux pas te faire de la peine. Tu as dit je préférerais une bague. Tu as dit d'accord si ça ne t'ennuie pas. Sur le site du bijoutier que nous avons parcouru ensemble, tu as choisi une chevalière, un anneau avec un socle rond et large où incruster tes initiales. La tradition française veut que ce soient les descendants d'une famille noble qui portent ce genre de bijou, même si les armoiries ne sont pas nécessairement un signe de noblesse. Mais la tradition française permet désormais à tout le monde de s'embaguer d'une chevalière sans la rattacher à ses parents et beaucoup de jeunes de ton âge cèdent à ce plaisir. Tu hésites un moment à graver une rose, puis décides de laisser l'espace vierge. Peut-être. Parce que. Je ne peux m'empêcher d'y voir l'affirmation de ton identité débarrassée du poids de ton ascendance. Tu es maintenant libre de t'inventer.

Sur cette photo, tu as vingt ans et cinq mois et on a l'air enjoué. Plus de nuages. Du moins, plus d'orages. Nos yeux brillent. Après avoir remballé les papiers cadeau, l'écrin à rendre et les deux livres que tu ne liras probablement pas, je t'ai proposé d'aller nous balader sur la jetée. Le visage doux bruni, les traits cisaillés par les embruns, les mains cloquées par les réparations de bateaux que tu assures sept jours sur sept depuis le début de la saison estivale enchaînée après ta première année d'école, tu fixes l'écran en t'accoudant à la passerelle métallique. Si tu as appris l'indépendance, la responsabilité, la confiance, la sociabilité avec ton père et moi, à l'abri de notre amour et de nos choix parentaux, c'est en dehors de nous que tu les expérimentes aujourd'hui. Seul face au monde, le propriétaire de ta nouvelle maison, le directeur de ton école, ton chef de base, tes coéquipiers, tes colocataires, ton vendeur de cigarettes, ton médecin, ton cafetier, ton épicier. Seul face aux éléments, un relevé bancaire, une attestation chômage, une carte Vitale, un réfrigérateur, une machine à laver. Seul face à tes actes et leurs conséquences.

C'est ton refus de continuer à vivre chez moi puis chez ton père, la distance puis la rupture, qui t'ont permis de vérifier que tu étais capable d'évoluer seul, cygne en devenir sous le duvet de tes plumes. En décidant de ne pas passer ton bac et d'arrêter le lycée il y a un an et demi, tu as trouvé ta voie. Loin de mes peurs et de mes schémas rassurants, tu t'es imposé à l'évidence de ce que tu es. Plus seulement mon fils. Tu as échappé à la prison des miroirs réfléchissants, refusant de te glisser dans les pas de papa maman, pour faire entendre ton identité. La plupart de tes copains ont eu leur bac et sont en fac ou en école, en résidence universitaire ou en studio, se projetant dans des horizons plus classiques, mais tu t'en fiches. Cultivant les rayures de ta personnalité zébrée, tu assumes ton envie de te réaliser au plus près de ce que tu es et j'en tire une immense fierté après avoir tant tremblé. Quitter son père et sa mère, c'est un jour les voir mourir. Être quitté par ses enfants, c'est les voir vivre.

Tandis que je range mon téléphone pour observer les bateaux qui nous entourent, tu me les présentes un à un comme autant de nouveaux copains. *Braz. Castel. Baïkal. Brunec. Guéotec. Taïga. Dougall. Kornog.* Avec application, je lis les noms rouges incandescents sur les coques blanches de soleil. Je te questionne prudemment. Quel est le quotidien d'un moniteur de voile ? Comment s'appellent tes colocataires ? Que fais-tu de ton temps libre ? Tu me réponds, mais ponctues chacune de tes phrases d'un voilà que je m'efforce de dépasser en te relançant. Je ne sais pas si c'est une envie de conclure la rencontre, un moyen de t'empêcher de trop parler ou un geste d'ouverture, voilà qui je suis. Tu t'interromps pour saluer un collègue et sa copine, un duo de jeunes femmes qui te demandent à brûle-pourpoint si tu seras bien sur l'île de Penfret la semaine prochaine, un bénévole avec qui tu as travaillé la veille, tandis que je patiente en retrait. Tu ne me présentes pas et je ne m'en formalise pas. Un instant plus tard, tu pointes avec enthousiasme un Elan 31, un Sun Odyssey, un Surprise. J'apprends que le premier a un tirant d'eau modéré qui vous permet d'accéder facilement aux ports de mouillage. Le deuxième a des mâts plus grands que les bateaux de série, ce qui le rend plus performant. Le dernier est un voilier de régate sur lequel tu navigues souvent. Tu es en train de m'expliquer ce qu'est le Brevet professionnel de la jeunesse, de l'éducation populaire et du sport que tu vises, lorsque tu sautes soudain sur un pneumatique jaune. Tu en flattes le rebord boudiné de la main comme s'il s'agissait de l'encolure d'un cheval. C'est la *Licorne*, l'annexe de l'école, que tu utilises tous les jours. Alors que tu grimpes un peu plus loin sur le misainier d'un voisin, me montrant son petit mât tout à l'avant de la coque, je réalise que te laisser choisir ton existence n'est pas te perdre, mais te gagner. Rencontrer l'adulte que tu es devenu, énigme de chair, et apprendre lentement de toi comme d'un inconnu.

À la fin de la journée, tu me raccompagnes à l'entrée de la ville close où un couple d'amis en vacances doit venir me chercher. En revenant sur nos pas, on longe le vieux Dundee maquereautier en bois irlandais qu'un ancien pompier a transformé en bar à vins démocratique et ton œil s'illumine, tandis que le patron te reconnaît. Il sait que tu travailles au centre de voile. Cette fois, tu me présentes, avant d'engager la conversation. Tu l'interroges sur son projet. Les valeurs de partage, d'échange et de découverte te parlent. Je reste un pas en arrière, mais écoute ta voix qui épelle ton futur. Je comprends que tu aimerais toi aussi œuvrer dans l'économie solidaire et l'environnement durable. Je ne le savais pas. Comme lui, tu te verrais bien sensibiliser les gens à la protection du milieu maritime, à l'agriculture biologique, au commerce équitable. Tandis qu'on poursuit notre route, tu me confies que tu envisages également de faire le tour du monde. Dans ta tête, tu sembles avoir déjà esquissé les contours d'un rêve. Deux années d'école pour obtenir ton brevet professionnel. Deux années de travail dans des clubs de voile pour acquérir de l'expérience. Et deux années de navigation pour faire le tour des océans. C'est que tu aspires à une vie intéressante, pas subie, me précises-tu. Tu dis cela sans détacher tes mots. Comme s'ils s'appuyaient les uns aux autres pour prendre leur élan. Tu insistes. Tu ne veux pas être le meilleur dans ton domaine. Juste bon. Et vivre heureux près de la mer. Une partie de moi ne peut éviter d'entendre un reste d'attachement originel, tendre musique de deux termes qui sonnent pareil, mais je chasse vite cette pensée. Même s'il y a des exceptions, le milieu marin est un milieu masculin. Dans les contrées bretonnes, les femmes attendent sur terre leur mari parti en mer. En choisissant cette voie, tu t'es bel et bien positionné en homme. Détaché des jupons de ta mère. Debout les gars, réveillez-vous, il va falloir en mettre un coup. Debout les gars, réveillez-vous, on va au bout du monde. La comptine que je te chantais quand tu étais petit semble t'avoir imprimé sa partition et je ne peux que m'en réjouir.

Tandis que je te serre dans mes bras pour te dire au revoir, célébrant encore une fois tes vingt étés et le cours trottinant du temps et des saisons, tu me dis soudain que tu m'aimes et mon cœur déraille. Je mesure la complexité de ces paroles. Comme pour dire je te quitte, il faut d'abord dire je. S'affirmer tout entier. Je te réponds que je t'aime moi aussi et tu enchaînes sans t'appesantir. Tu reprends notre conversation et m'expliques que tu ne veux pas exercer un métier pour gagner de l'argent mais pour aider les autres. Ne pas courir après le toujours plus cher plus grand, mais donner du sens et une lumière à tes actes. Sauver la planète. Du moins, y vivre autrement. Avec bienveillance tolérance vigilance. Et passion. Quel soulagement. Quelle fierté, encore. Entre les discours des uns et des autres, les convictions bruyantes de tes grands-mères, les silences fermés d'angles droits de ton père et mes projections angoissées idéalisées dramatisées, tu ne t'es pas laissé influencer. Tu t'es trouvé. Il n'y a pas d'âge pour s'envoler du nid.

34

Taire les mots. Troquer ta voix qui m'embrasse au bout du fil contre le ronflement des vagues. Écouter le chuchotement des cigales sur le chemin de terre. Respirer le maquis les oliviers la sève l'eau salée. M'enivrer du soleil corse qui chauffe mon visage. Sentir la caresse du ciel sur mes bras nus. Mon corps livré au vent. Notre passé et désormais nos présents. Ce qu'il faut d'air entre nous. La roche et la mer. Une ombre tiède sous un nuage qui me grandit. L'horizon. Des traces de sangliers. Un châtaignier centenaire. La glissade des lézards à la surface des pierres. Ma présence ici avec un homme que j'aime. Le jour. La nuit. Les étoiles. Le jaune qui s'accroche et se confond. Le bonheur de te savoir heureux à l'autre bout de l'Hexagone. L'espoir qui enfle dans ma poitrine, coule comme un petit ruisseau infini. Il y a tes vingt ans et tout ce que tu vas entreprendre. Il y a mes quarante-six ans et tout ce que je peux imaginer. La nouveauté, l'excitation, la curiosité. Nos souvenirs et l'avenir.

Achevé d'imprimer sur les presses de CPI en novembre 2020 - 2054346
Dépôt légal : janvier 2021 • ISBN 978-2-84742-455-3 • Imprimé en France